Quando chega nossa vez acaba

Quando chega uma vez jamba

Rafael Simeão

Quando chega nossa vez acaba
Contos

ALFAGUARA

Copyright © 2024 by Rafael Simeão

Grafia atualizada segundo o Acordo Ortográfico da Língua Portuguesa de 1990, que entrou em vigor no Brasil em 2009.

Capa
Ale Kalko

Ilustrações de capa
Aline Bispo

Preparação
Leny Cordeiro

Revisão
Ana Alvares
Márcia Moura

Os personagens e as situações desta obra são reais apenas no universo da ficção; não se referem a pessoas e fatos concretos, e não emitem opinião sobre eles.

Dados Internacionais de Catalogação na Publicação (CIP)
(Câmara Brasileira do Livro, SP, Brasil)

Simeão, Rafael
    Quando chega nossa vez acaba : Contos / Rafael
Simeão. — 1ª ed. — Rio de Janeiro : Alfaguara, 2024.

    ISBN 978-85-5652-225-2

    1. Contos brasileiros I. Título.

24-198085   CDD-B869.3

Índice para catálogo sistemático:
1. Contos : Literatura brasileira   B869.3
Cibele Maria Dias – Bibliotecária – CRB-8/9427

Todos os direitos desta edição reservados à
EDITORA SCHWARCZ S.A.
Praça Floriano, 19, sala 3001 — Cinelândia
20031-050 — Rio de Janeiro — RJ
Telefone: (21) 3993-7510
www.companhiadasletras.com.br
www.blogdacompanhia.com.br
facebook.com/editora.alfaguara
instagram.com/editora_alfaguara
x.com/alfaguara_br

Pra Marina
Pro Prado
Pra Mariane

Pra que tanta indecisão?
Se o sol está aí para nos assar

Cidadão Instigado, "Escolher pra quê?"

Sumário

O melhor sexo das nossas vidas	11
Quando chega nossa vez acaba	16
Viva os pombinhos	76
Trovoa	87
Tudo preto	96
Um minuto antes do fim	106
Janela azul	116
Bomba-relógio	124
Areia	141

O melhor sexo das nossas vidas

Você mora sozinha agora, ia ser fácil. A gente podia se esbarrar na rua de madrugada, cada um segurando seu copo, cantando feliz em alguma roda de samba, seria legal esse golpe do acaso. Mas talvez também fosse romântico e eu não sei se você está disposta. Então podia ser na fila do banco. Já pensou? Muito improvável mas seria perfeito, porque nenhum acaso na fila do banco é romântico. Pode ser até consolo encontrar um conhecido, mas acho que não beira nem o prazer, que dirá o romantismo. Aí a gente se esbarrava na fila do banco quarta-feira às 14h17, dia de sol, entabulava uma conversa sem jeito. Não, conversa sem jeito não levaria a um convite pra eu ir ao teu apartamento algumas semanas depois, e é isso que tem que acontecer no fim, nós dois repetirmos a experiência do melhor sexo das nossas vidas, coisa que ambos sabíamos, pairava no ar mesmo naquela quarta na fila do banco, mas que nunca tínhamos dito um pro outro. Então a gente fica além de aliviado feliz em se ver, sorri um pro outro. Falamos da vida pra passar o tempo, mas realmente com vontade de falar da vida um pro outro, e quando chega a tua vez você diz pra gente se falar depois, continuar a conversa. Eu levo a sério, eu quero repetir o melhor sexo da minha vida. Aí a gente conversaria um pouco on-line, marcaria uma cerveja sem muita enrolação e eu ficaria absolutamente feliz porque sei que você sabe que cerveja sempre é sinônimo de sexo depois. Pra nós sempre foi. Você chegaria reclamando de ter que lecionar oficina de leitura e produção de textos 1 pros alunos do primeiro semestre de geografia, com uma cara de cansada olheiras desalinho e um corte de cabelo novo que todo mundo estava achando esquisito e comentavam que corte diferente, um lado maior que o outro?, e eu diria que você estava bonita, porque eu verdadeiramente acharia seu novo corte diferente bonito, combinando com teu rosto abraçando tuas bochechas te deixando a nuca sensualmente exposta. Sempre gostei da tua nuca, eu diria lá pela terceira cerveja abrindo campo pras intimidades, pras lembranças das partes do corpo de cada um, que são já a senha pra pensarmos então neles juntos, o que leva ao sexo depois. Enquanto mijava olhando pra parede eu até me questionaria se isso daria mesmo de novo no melhor sexo das nossas vidas, numa reedição daquilo, porque você não estava me parecendo muito disposta, reclamava tanto do trabalho de como era cansativo ter que atravessar a ponte acordar cedo com a insônia que você tem ler com os óculos que já deveria ter trocado almoçar com a azia que te consumia e ainda esse terçol que estava querendo sair mas nunca que saía de uma vez, estava tudo tão sem sentido na tua vida que quando eu voltei pra mesa você me olhou sorrindo, fez um carinho no meu rosto e me deu o beijo que eu nunca tinha chegado a esquecer. Aí eu ficaria pensando porra por que foi mesmo que não deu certo entre a gente… Por causa daquelas coisinhas miúdas acumuladas, que de perto são gigantes mas que o tempo e a perspectiva certa tratam de reduzir ao devido tamanho e nos deixar sem entender mais nada. Só que essa constatação tão triste, tão frustrante, passaria logo, logo que eu passasse a mão pela tua coxa lisa e você não ensaiasse a mínima resistência e inclusive suspirasse mais fundo no meio do beijo. Até que algum de nós, não importava quem, faria a proposta lá pela sexta cerveja, vamos dormir juntos, como se isso já não estivesse indicado desde o sorriso na fila do banco e como se eu não soubesse que você me convidaria pra ir ao teu apartamento, que eu inclusive não conhecia ainda apesar de você ter dito que me convidaria pra conhecer logo assim que se mudou pra lá, nem sei por que você tinha dito isso naquela época, acho que porque sabia que se me convidasse eu não iria mesmo, mas dessa vez eu iria, cheio de expectativa pro melhor sexo das nossas vidas acontecer de novo. A essa altura a gente já estaria no táxi, eu com o nariz enfiado na tua nuca recentemente exposta, você fechando os olhos de tesão até chegarmos ao teu apartamento novo, que era uma quitinete úmida numa parte decadente do bairro. Eu não gostaria muito da casa, tropeçaria numa cadeira posta atrás da porta de entrada quase colada no sofá que mal deixava espaço pra atravessar pra cozinha por causa da mesa de centro e o rack com a pequena TV velha de tubo catorze polegadas que você me contaria que comprou numa feira de rua por cinquenta reais e ainda funcionava muito bem pro que você fazia com ela, no máximo assistir ao jornal pra não ficar totalmente alienada do mundo, apesar de você ler bastante e acompanhar as notícias pela internet. Você já estaria falando demais, isso era certo depois da quarta cerveja e me irritava um pouquinho porque não me deixava brecha nem pra pensar e absorver direito o que você dizia, que dirá pra conversar. Eu diria que uhum lembrava a infância sua televisão, uhum tapete maneiro, uhum já li esse, uhum aceito água, uhum pode ir tomar um banho. Não não tô com fome e só queria ir ao banheiro, e lá o tapete da saída do boxe estaria encharcado, o que eu também não gostava muito, e teria vontade de falar que aquilo não é legal porque se alguém entra no banheiro calçado e pisa naquilo ele fica logo todo encardido e sujo, dando a impressão de que o banheiro é pouco asseado e tal e que você é porca mas eu não diria nada não, porque eu te encontraria já no quarto deitada de bruços vestindo uma camisola curta que deixava à mostra a polpa da tua bunda, tua bunda a parte do teu corpo que eu sempre mais amei e quis, você me seduzindo e de repente eu já estaria mordendo aquela carne toda e você reclamaria, porque você sempre reclamou que te machucava, que te deixaria roxa e dolorida, mas porra, tua bunda não fica exposta, eu dizia antes quando nós dois éramos namorados, e você respondia, quando ainda era minha namorada, foda-se mas eu vejo e acho feio, só que nessa noite eu não diria nada, só desculpa é que tô com saudade, e você também não criaria muito caso, só me devolveria com um sorriso safado e nós faríamos de novo depois de alguns anos o melhor sexo das nossas vidas. Até que o outro dia amanhecesse com você me cutucando que já estava atrasada, que tinha marcado com a tua mãe de ir a uma feira de antiguidades no centro e já estava tarde, ela ligou dizendo que estava saindo e, apesar de ela morar longe e demorar bem mais do que você, você estava atrasada, repetiria, insistente e apressada sem motivo, me acordando às sacudidas como sempre odiei e mal daria tempo de lavar a cara na pia pequena do seu banheiro de tapete encardido, muito menos de um café, e eu sairia às pressas, ganharia um beijo no rosto depois de você me perguntar se eu sabia como ir embora dali pra minha casa. Eu me viro, eu diria, eu sempre digo, mesmo que não tenha a mínima convicção, e sairia do elevador primeiro no play, depois na garagem e enfim na portaria pra dar um joia pro porteiro e ganhar a rua com o sol já quente na cabeça e meio perdido, quase atropelado por um caminhão transbordando areia furando o sinal e nem um pouco ansioso pelo nosso próximo encontro ao acaso, que se daria no futuro durante um colóquio sobre literatura contemporânea numa universidade particular no subúrbio da cidade, eu tentando recomeçar, você doutora lecionando literatura comparada, quando sairíamos direto pra uma cerveja e repetiríamos o melhor sexo das nossas vidas no seu novo endereço, um quarto e sala mais próximo do trabalho com espaço pra sentar no chão da sala e sua nuca ainda exposta, apesar do corte um pouco mais convencional.

Quando chega nossa vez acaba

Não parecia haver nenhuma hospedagem por ali, a impressão era de que todas as pousadas tinham ficado pra trás há uns cinco minutos e a paisagem cada vez mais erma. Ainda por cima era na ladeira. Mas subiram carregando seus pesos e volumes até o portão de tábuas azuis, carcomido, displicentemente ornado com um 138 pintado de branco. Do lado de dentro, molhando uma roseira com três flores brancas, a adolescente percebeu a aproximação de alguém ao virar a cabeça, abrir um sorriso, fechar a bica e dar bom-dia, vocês devem ser a família da Amanda, né? Nem chegaram a perguntar seu nome e ela já apontou: o quarto é aqui nessa casa da frente. Faz o gesto e é acompanhada por todo mundo enquanto cruza uma rua enlameada onde nem é preciso olhar pros dois lados antes de atravessar. Para do outro lado da calçada estreita e cheia de um monte de brita que quase obstrui a passagem até o outro portão azul de madeira, no qual ela aciona um sistema improvável de abertura, aponta o caminho que leva a uma escada de degraus apertados e diz podem entrar, é no andar de cima, fiquem à vontade: aqui a chave. Qualquer coisa é só me chamar, eu moro aqui do lado — aponta já virando o corpo e voltando à tarefa com as plantas.

Quartinho pequeno, mas foi o que deu pra pegar. Tá bom, vamos ficar o dia inteiro na praia mesmo, aqui é só pra dormir. O banheiro, então, minúsculo, quem toma banho molha o vaso sanitário. E se alguém quiser usar o vaso enquanto o outro toma banho, vai tomar banho junto. No anúncio parecia maior. Dizia que acomodava confortavelmente uma família, só não especificava de quantos. Somos só quatro, família enxuta. Era pra acomodar a gente. Bom, eu acho isso um absurdo, mas tô de folga, não vou entrar em estresse, acabamos de chegar. Quero saber é da praia, é perto? Bom, se ainda der pra confiar no anúncio, dizia que ficava a quinze minutos a pé. Tomara. Depois do perrengue pra chegar até aqui, acho bom valer a pena. Encontrei um armário, pequeno, três prateleiras e uma arara com cinco cabides. A preferência foi dada pras mulheres, homem é mais prático. Prático e orgulhoso da sua praticidade. Ninguém vai querer pendurar nada nos cabides? Parece que a pessoa esvaziou só pra gente. As minhas coisas podem ficar na mochila mesmo, não ligo. E fila pro banho, quem vai. Banho nesse banheiro minúsculo pra quê, vamos logo pra praia descobrir se é perto mesmo. Fila pra trocar de roupa, então. E a sunga Junin, trouxe? Duvido. Não acredito. Sabia. Criança toma de cueca mesmo ninguém repara. Só tinha essa responsabilidade, guardar as coisas na mochila, fazer a própria mala. Pra encher meu computador de vírus atrás de vídeo pra bater punheta não é mais criança. Deixa eu ver essa mochila: carregador do celular, duas camisetas, quatro cuecas, Uno — todo mundo gostou do Uno —, duas bermudas, três bonés, pacotes de biscoito recheado, caixinhas de suco de uva, barras de chocolate, jujubas, paçoquitas, barrinhas de cereal, serenatas de amor quase derretidos.

Seguem em direção à praia, ou pelo menos seguem o movimento que julgam ser o que dará na praia. Não tinha internet pra consultar endereço nem mapa pra acompanhar os passos e as projeções de tempo, mas também nem precisava. Não era igual a viajar pra uma capital, afinal de contas era uma ilha, faltava alguma tecnologia e não tinha nem linha de ônibus. Ali, o negócio era caminhar pra quase todo canto, e se andassem bem chegariam à sede de um famoso presídio de segurança máxima, agora desativado, mas temido na época porque o mar que o cercava era polvilhado de tubarões famintos. Era, então, um pouco longe do continente. Mas também nem tanto, hoje em dia as distâncias se encurtaram e tinha alta temporada, movimento, áreas de preservação ambiental, gente vivendo do turismo, relações hierárquicas de trabalho, patrões e empregados. E pela sombra do sol deve ser meio-dia.

Sombra do sol, essa é boa, aprendeu essa onde? Não é difícil, você acha que as pessoas viviam sem saber as horas antes de inventarem relógio de pulso? Tô evitando pegar o celular pra tudo que quero saber também. Na verdade, Amanda estava evitando pegar o celular pra não dar de cara com mais uma mensagem do namorado que ela já estava considerando ex, mesmo sem ele saber. Ainda não tinha se desconectado como o 4g. Desconversou: pior hora do sol, os raios ultravioleta tão incidindo com tudo na nossa cabeça, tá? A gente tinha que ter madrugado pra chegar aqui mais cedo e aproveitar a manhã, não tinha necessidade de esperar o horário da barca mais barata. E a essa hora a maré já tá subindo, dizem que depois de certa hora fica impraticável até andar pela rua. Já basta madrugar todo dia pra trabalhar, minha filha. Mas agora vamos torrar debaixo dessa lua. Pelo menos a pele negra não precisa se preocupar com isso. Maior mito, precisa sim. Tem que passar protetor solar, que ignorância. Isso é história dessas empresas de cosmético, só querem é mais consumidor pros produtos deles, mudam a embalagem, despistam com uns motivos afro e agora tem de tudo pra preto, ganharam esse nicho, mas duvido que o conteúdo não é tudo igual. Só mudam a cor, jogam um corante diferente no creme, mesma química vagabunda. Esse pessoal não joga pra perder, já viram que agora tão querendo tirar o direito a regalia na prisão de quem tem nível superior? Não vai mais ter cela especial. Isso é porque agora a gente estuda e se forma, quando era só com eles até café importado, televisão de sessenta e cinco polegadas com TV a cabo. Já vai começar, Jorge, dá um tempo. Vamos curtir o feriado. Mas é a verdade: todo mundo não tem o direito de errar? Quando chega nossa vez sempre acaba. Pior que o pai tá certo, mãe. Mas sobre a pele o senhor tá errado, depois pesquisa só. A gente sente menos os efeitos dos raios mas tem que usar. E não pode ter o mesmo conteúdo em todas as embalagens, existe agência reguladora. E alguém regula quem tem dinheiro nesse país, Amanda, botam o que bem entendem na embalagem. Até parece que não sabe quem manda.

Vão reparando no casario da ilha todo baixo, não tem prédio. Mas deve ser porque é horrível fazer obra aqui. Será por isso que ainda não levantaram um cinco estrelas de trinta andares de frente pra esse mar azul-turquesa? Imagina carregar material de construção pra cá. Difícil deve ser achar pedreiro, isso sim, aqui quase não mora ninguém. Eu acho que é porque dizem que essa ilha tá afundando, essa história de maré deve ser papo furado pra não assustar ninguém. Mesmo que estivesse sumindo do mapa, ainda demora. Sabe o Almir lá do bar, então, o cunhado dele se mudou aqui pra perto por isso mesmo, pra pegar obra. É uma atrás da outra, os caras não tão nem aí pra elevação do nível do mar. Daqui a pouco tem construtora lançando empreendimento aqui. Será que existe gente com disposição pra vir e voltar todo dia, essa viagem, só dois horários de barca? Se bobear vai a diária inteira só de passagem. Claro que tem, só cobrar mais caro. O cunhado do Almir mesmo não mora aqui na ilha. Tem medo. Mora naquele centrinho no continente, perto das barcas. Sério? Hoje em dia pra achar pedreiro bom até a gente sofre. Mas aqui é cheio de construção grande, sim, mansão de apresentador de televisão, emergente passeando de lancha, jogador de futebol na esbórnia, se bobear a gente tromba o Luciano Huck no iate dele com a Angélica e as crianças. Deus me livre! Olha o tamanho daquela pousada ali, cheio de casa de bacana do outro lado, quem tem dinheiro consegue o que quer, traz tijolo até de helicóptero. Fora que aquelas ilhotas que vimos no caminho, tudo tem dono. Essa parte onde a gente se hospedou aqui é a que deixam pros pobres. A maioria aqui deve ser morador. Fica quase tudo pra quem tem grana. Praia particular, deque privativo, resort com diária de vinte mil reais. Tudo pra pouca gente, família pequena, casal. E a gente naquele quartinho. Quem pode pode.

Amanda decide apertar o passo, puxar o ritmo do grupo, bufa, enche o chinelo de grãos de areia que instantaneamente grudam entre seus dedos e nas solas dos pés. No percurso pelo meio da rua, embora sem nenhum carro e poucas motos, nos olhos e nas pernas também a ansiedade pelo descanso e a pressa pra relaxar. A paisagem passa como vulto pelo canto dos olhos da família, tão distraída com as especulações que nem repara nas várias pequenas agências de passeio com fotos da ilha coladas em portas de vidro repletas de marcas de dedos, na estridente oferta de guias turísticos vestindo coletes fluorescentes, nos nativos especulando entre si o lucro que teriam nesses quatro dias enquanto fumam seus cigarros e ostentam um olhar contraditoriamente hostil aos transeuntes, no mercadinho faturando com a fila de feriado no caixa de uma loirinha que atende sozinha, embala as compras sem pressa e distribui desejos de bom passeio entre dentes, nas ofertas de artesanatos locais made in china, no aroma de pratos feitos que já começam a descer em mesas de plástico equilibradas em tijolos nas calçadas, nos preços inflacionados rabiscados em cavaletes com garrafas pet cheias de água pra não saírem voando. A não ser Amanda, que se esforça pra dividir a atenção entre as respostas à família e o movimento do feriado. Saca mais uma vez pela sombra no chão que os quinze minutos do quarto até a praia já transcorreram faz tempo, mas fica quieta. Prefere valorizar a natureza que a cerca, a vista do paredão de vegetação à sua direita, o movimento do píer à esquerda, os coqueiros, as gaivotas, os urubus, o cheiro de maresia e mato, o pico de uma montanha em formato de bico de papagaio debaixo do sol forte sabe-se lá há quantos milhões de anos.

Veio disposta a ganhar desvios, descobrir, trilhar, andava numa fase em que tudo o que mais queria era viajar trinta e quatro horas em um ônibus alugado sem espaço pra esticar as pernas direto pro encontro nacional do Eneg e na chegada ainda ir montar sua barraca na quadra poliesportiva de algum instituto federal exposta às intempéries, esvaziar a mochila pesada de saco de dormir, cobertor, travesseiro, chinelo, remédios, óculos, protetor solar, caneca, repelente, prato, talheres e respeito ao próximo. Queria ficar na roda de violão até as três da manhã à base de catuaba e baseados — os olhos ardendo de sono e animação —, cantar o acústico MTV da Cássia Eller quase inteiro acompanhada por um cara que nunca viu na vida e discutir política estudantil, astrologia, a circularidade da existência humana, como é impressionante que a gente resista mentalmente saudável cumprindo as mesmas pequenas ações de modo sucessivo e contínuo, dia após dia e sem um respiro, uma vida de trabalhar pra comer e dormir pra poder trabalhar mais, e há quem diga que a vida é essa eterna rotina de ciclos, e pior, cara, pior, há quem diga que se nos guiássemos por valores que nos nutrissem de verdade com o que há de mais forte e sincero na natureza humana, se nos potencializássemos de verdade, o que mais desejaríamos seria exatamente isso, a incessante volta do que já foi, já parou pra pensar se a vida fosse boa?

E todo esse caleidoscópio os levaria apressados e afoitos para a barraca individual que pegou emprestada: um sexo quase sufocado pelo náilon impermeável e entre moedas caídas do bolso e areia dos chinelos. No dia seguinte acordaria sozinha, entraria no banheiro depois de uma espera de quase uma hora pra escovar os dentes, tomaria um banho gelado enquanto conversava com uma amiga que se maquiava: a noite foi boa ontem, hein! Uma pontada de culpa e outra de desapego, o medo de trombar de novo com o baiano na mesa-redonda sobre os conflitos de terra e a resistência indígena e quilombola — uma dor de cabeça de quem nunca mais vai beber.

Tudo o que Amanda mais queria a essa altura da vida era pegar uma bicicleta e descer a toda pela estrada da morte depois de dias viajando num comboio caindo aos pedaços. Queria se impressionar com a cor do céu às cinco da manhã na pedra da Gávea, escrever um projeto de mestrado sobre Lélia Gonzalez, saltar do bungee jump mais alto do mundo na África do Sul, enfiar a mão na cara do professor orientador que não tira os olhos azuis do seu decote, ter coragem de levar pra frente o conselho da ex-professora de oficina de leitura e produção de textos i e abrir o processo por assédio junto ao colegiado. Queria aproveitar aquela ilha o mais profundamente possível antes que ela sucumbisse ao aquecimento global, encarar a trilha mais difícil e a mais fácil, a subida mais íngreme e mergulhar numa baía sem ondas, queria liderar a família numa jornada inesquecível, ir até uma das praias mais lindas do mundo atravessando aquele pedaço de América do Sul, aquele oceano imenso cantando Djavan ou rebolando um pagodão baiano, visitar as ruínas de senzalas, lazaretos, prisões e grutas, passar o dia sustentada pelo páo com ovo do café da manhã, entrar no mato sem saber o que a espera do outro lado. Circular sem pressa aqueles noventa e três quilômetros quadrados, pagar um guia e caminhar sete dias seguidos, aprender sobre sindicalismo com o pai, almoçar um prato tradicional caiçara, ensinar todas as capitais do mundo ao irmáo, tentar pôr a sororidade em prática no relacionamento com a mãe, dividir o copo de cerveja com algum desconhecido numa rua deserta de madrugada ou fazer amizade com uma velhinha atenciosa, ser convidada a voltar por alguém acolhedor e transformar aquele passeio numa fuga cotidiana, quem sabe alguma garantia de desvio. Pelo menos por uns anos.

A essa altura ela ainda não ouviu, mas o burburinho das conversas e das gargalhadas mudou. Agora vem com um rufo de plano de fundo e um volume mais difuso. E o vento bate no peito, quase salgado, como ainda não tinha acontecido desde que começaram a caminhada. Eles e mais dezenas que foram se somando e quase imperceptivelmente transbordando das portas de pousadas, das barracas de camping, das casas de moradores que iam se abrigar de favor com familiares para também faturarem com os turistas. Agora os visitantes formavam uma massa colorida, uma procissão compacta de coolers, cangas, sol na cabeça e olhares desconfortáveis, biquínis fio dental, tatuagens e sensação de vai estar cheio. Há também núcleos de músculos brilhantes, cordões dourados, unhas de acrigel, maquiagem e autoconfiança: são os ostensivamente solteiros, mas a oferta é pouca. Quase que só família e casais já formados. Até que passa um tricolor estrondando Barões da Pisadinha enquanto empurra um isopor encardido acomodado no quadro de uma bicicleta sem selim, em cujo guidáo está preso um cabo de vassoura no topo do qual tremula no verso de um banner reutilizado: latáo 8,00. Amanda toma ar pra perguntar se a praia tá perto, mas dispensa o questionamento frente à obviedade do sim e escolhe tentar acompanhar o ritmo do camelô: de mulher mais bandida do mundo, o coração que é vagabundo, vagabundo.

Calma filha, tá pesado. Quem mandou comprar um troço desse tamanho, trinta e dois litros pra quê? Você disse que tinha convidado o Vinicius, pensei que ele vinha. É mesmo, cadê o Papagaio, hein, Amanda, ele ia combinar com aquela montanha ali, já viu? Parece o nariz dele. Esse moleque não é mole — os pais riem com orgulho. Reveza com ela um pouco ali Dalva, não sei pra que tá frequentando aquela academia então — mudando de humor —, já tá cansada e ainda pega aquele horário, zanzando tarde da noite pela rua deserta. Ajuda tua mãe ali, Junin! O bairro tá cada vez mais perigoso, não é mais como antigamente que você passava o dia correndo pra cima e pra baixo. Agora pra levar facada e morrer ensanguentado na calçada nem precisa mais reagir a assalto. Viram o caso do sujeito que tava esfaqueando os outros em plena Vinte e Oito, um passageiro me contou semana passada, parece que é recorrente. Ainda não conseguiram pegar o doido. Dizem que sai à noite tranquilamente pra tomar ar e aproveita pra esfaquear quem de repente tá passando e o santo dele não bate. É mole um negócio desses? Não é nem pra roubar celular não, que isso a gente entrega e depois compra outro, é gratuito, vai lá e te mete a faca nas costas porque gosta de ver o sangue escorrendo. Daqui a pouco isso aqui vira os Estados Unidos! Será que tem algum distúrbio mental mesmo? E ser maluco agora é desculpa pra dar facada e matar os outros, Dalva? Lá no bairro quando eu era criança tinha o Nelsinho, um brancão assim com o cabelo todo espigado pro alto, os olhos esbugalhados e a mão sempre tremendo, doido diagnosticado mesmo, e sabe o que ele fazia? Escrevia poesia e ficava recitando na esquina com a voz mais mansa do mundo. Enchia uns caderninhos de garranchos e passava o dia inteiro pela rua, sentava no meio-fio fumando com os poemas no bolso. Mas doido também é gente, ora bola, tem doido poeta e doido assassino.

E o passeio de barco, família? Dar uma voltinha na ilha família dia lindo, meia volta na ilha família almoço incluso, e o passeio de escuna família vai sair um agora meio-dia e quinze tem vaga ainda vamos família? Essa galera sufoca, chega de barco! Chegamos no destino e ainda tem que pegar outro barco pra curtir o lugar? Eles já devem é estar se preparando pra quando isso aqui for só água, não vai ter outro jeito. Vira essa boca pra lá! Vamos relaxar na areia, pegar um sol, ouvir as ondas, tomar nossa cerveja. Um dia lindo desses, quero é descansar! Folga é pra isso. Vou até beber uma contigo hoje, Jorge. Bateu a inspiração. Tá gelada? E essa praia, não era quinze minutos, que horas que a gente saiu de casa? Meio-dia a gente tava na rua, que a outra aí viu no céu. Tirou as palavras da minha boca, Dalva. Chega de barco. Um embrulho no estômago, tive que me concentrar pra não passar vergonha. Nossa, vocês são muito desanimados, nem pensam em explorar o lugar. Todo mundo diz que aqui é lindo, cheio de praia, cachoeira, trilha no meio da Mata Atlântica, até encontro do rio com o mar, tartaruga nadando selvagem no meio das pedras, peixinho chegando tão perto dos banhistas que chega a fazer cosquinha na canela, macaco em risco de extinção pulando solto pelos galhos, dizem que o bugio é uma das marcas daqui da ilha, aquele que faz o maior barulhão e chega a dar medo, vamos viver isso, encher o peito com esse cheiro bom de mato — vai Junin, respira fundo —, sabe quando vamos conseguir voltar aqui, que a agenda de todo mundo vai bater, pois é, a gente devia considerar um passeio de barco aqui sim, dar um trezentos e sessenta, ver tudo que tiver pra ver. Isso além do que a gente vai conseguir fazer a pé, pegar umas trilhas, depois vou me informar melhor.

Tá com a agenda lotada agora a universitária, Dalva, tem que ver se tem tempo de viajar com a família. Nem parece que ainda mora na mesma casa que nós. Não é nada disso, a oportunidade é rara sim, vocês sabem, nem lembro qual foi a última vez que sobrou algum dinheiro pra descansar num feriado. Na real fim de semana e feriado só têm servido pra compensar o sono atrasado. Essa semana mesmo virei uma noite pra conseguir terminar o trabalho no prazo, isso porque já tinha chorado pra prorrogar a data. Vocês acham que vida de universitário é moleza só porque não bato ponto pra patrão, mas tem um monte de colega meu ficando doente com a cobrança. Lembram da Paula, terminou o doutorado já, quando eu entrei ela estava concluindo o curso, tá igual a uma louca atrás de emprego porque ficou sem a bolsa de pesquisa e não tem outra fonte de renda. Vivia de jaleco branco pra cima e pra baixo, toda importante fazendo teste em laboratório, parecia que a carreira já estava encaminhada, tubos e mais tubos de ensaio pra inventar comprimido e salvar o mundo, mas foi só se formar que a bolsa acabou e ela não consegue nada. Outro dia fomos almoçar, tava com uma cara péssima, me disse que o jeito vai ser ficar estudando pra concurso. Sorte que a família ajuda. Já fez dezenas de entrevistas, mas sem conhecer ninguém influente tá esperando entrarem em contato. E olha que ela sempre se destacou no meio acadêmico, chegou a ganhar prêmio de melhor artigo científico e tudo, agora tá aí nesse aperto. Essa não é aquela que os pais se juntaram e compraram um apartamento pra ela, filha? Pensei que estava melhor de vida. Só ter um teto pra morar não é tudo, né, mãe, come e bebe o quê? Morando sozinha e dependendo de mesada pra fazer compra no mercado. Não tem saúde mental que resista. Parece que tá meio depressiva, toma um monte de remédio. E nós aqui com essa oportunidade de explorar a natureza, desconectar um pouco, sair da rotina, a gente tem que aproveitar. Amanda, você há de convir que receber pra estudar é um belo de um privilégio. Eu comecei a trabalhar com dezesseis anos, enquanto aprendia mecânica já metia a mão no motor dos carros pra consertar, não tinha nem tempo pra crise de ansiedade. Nossa pai, tem hora que é difícil conversar contigo.

Junin ia lá na frente, totalmente alheio ao papo, gaivotas e novinhas filtradas pela lente do juliet, bermuda jeans caindo e cós da cueca, boné bem maior que a cabeça. Ô Junin cadê aquele short florido que eu te dei de aniversário? É pra usar na praia, cadê? Se não vai usar devia ter trocado, poxa, jogando meu dinheiro fora. Não foi barato não. Junin não gosta. Não gosto não ficou muito curto. Devia ter ido trocar, mãe. A verdade é que ficou apertado. Já tá vestindo quarenta e quatro. Também, não gosta de se exercitar. Isso é, na educação física só fica sentado que o professor me disse, se esconde debaixo da arquibancada. Mas agora anda mais rápido que todo mundo, o que falta é um estímulo legítimo, amassa firme o kenner e anuncia a praia. Aí, chegou, chegou, a mão pro alto querendo correr — bora!

É uma faixa de areia estreita e infinita, quase que só mar, venta muito forte e parece não caber mais ninguém. A água vai mordiscando a multidão colorida que se espreme no que parecem ser palmos de areia molhada repleta de conchas. Nossa que linda. Olha só esse horizonte. Meio cheia, né. Onde a gente para? Vamos ali no cantinho. Dá licença. Feriado é assim mesmo, achou que só a gente ia ter essa ideia? Tem umas praias mais afastadas aqui, minhas amigas disseram que rolam umas trilhas fáceis, só não tive tempo de pesquisar direito — pisa na mão de alguém que grita ai presta atenção aí, colega — desculpa, se a gente quiser, caminha mais um pouco, pergunto praquele hippie ali que tá vendendo os artesanatos se ele sabe de outra praia perto e a gente vai. Com certeza tem, vamos animar, gente, como vocês querem reclamar que meu irmão não se exercita sem dar o exemplo?

Jorge e Dalva repousam o cooler, sacam a canga num canto, tentam se afastar da água, mas das pessoas é impossível. O acampamento pouco a pouco vai tomando uma forma até satisfatória pro aperto, de longe não dava pra enxergar nem um recorte de espaço, e de repente vaga um clarão ao lado de um arbusto no meio da restinga depois que um casal recolhe duas mochilas e uma garrafa de vinho, e é bom que dá pra se mudar pra lá rapidinho. Parece bênção, a sorte virando até que enfim. Tem até uma sombrinha, tá ótimo. Acho que é por aqui que pega a trilha pra uma das praias mais afastadas. Tá vendo ali a placa, mãe? Tudo bem sinalizado. Depois eu vou puxar papo com aquele rasta, talvez seja jogo pegar essa trilha se essa praia viver sempre cheia assim, e tô achando que sim. A gente pergunta pra alguém depois, por enquanto vamos ficar por aqui mesmo e beber essa cerveja antes que esquente. Vai descer ou não, Jorge? Enfia bem na areia esse cooler senão daqui a pouco a onda leva. Não se preocupa que o cooler do pai é do melhor, dá tempo de ir e voltar da trilha e ainda vai estar gelada. Fala aí seu Jorge, oito horas de conservação, revestimento em isopor, material atóxico, quantas latinhas mesmo, cinquenta? Ou não dá pra acreditar totalmente no que esses caras escrevem na embalagem, tudo propaganda pra gente pagar mais caro e a agência reguladora não serve pra nada?

A viagem até que foi planejada, mas ninguém tinha muito tempo pra isso. Demoraram a se decidir, não tinham o costume de sair da rotina, uma das únicas coisas que conseguiram conquistar trabalhando. E por mais que reclamassem e se sentissem enjoados de fazer sempre a mesma coisa, e até especulassem Salvador, era tudo com uma pontada de sonho, mais pra jogar conversa fora. Viviam cansados. Só que num dos domingos anteriores a esse feriado, quando a data já tinha virado assunto, a velha pauta surgiu em meio à lasanha de domingo — e aí, vamos fazer o quê nesse feriado? Amanda não deixou passar. Jorge reclamou da ideia da ilha, porque a ideia de ilha vem acompanhada da noção de isolamento, mato, mosquito e desconforto, e ele estava disposto a encarar no máximo um engarrafamento. E porque, afinal, todo mundo sabia que ela estava afundando. Será que não é perigoso? A filha replicou que a ilha fica muito perto do continente, que em menos de duas horas estariam lá, que o transporte era supertranquilo e que as amigas tinham acabado de voltar de uma viagem idílica, maravilhosa, coisa de cinema, saber que aquela porção de terra vai desaparecer só torna a experiência ainda mais especial: olha só essas fotos, essas praias, esse mar, esse coqueiro que cresce na horizontal. Que viagem! Ganhou em seguida o reforço de Junin, que não costumava se animar com nada, mas que depois da última garfada na lasanha recebeu um bico na canela por debaixo da mesa e soltou um vamos pai, vamos mãe, vai ser legal.

O assunto pairou por uns dias, todo mundo cozinhando a ideia. Dalva animada mas também conjecturando se essa viagem não a deixaria mais cansada do que relaxada, se não era melhor aproveitar pra marcar um horário no salão e fazer o cabelo, Jorge se animando depois das fotos que a filha o chamava insistentemente pra dar uma olhada e depois que o Almir,

29

dono do bar, discorreu maravilhas, que tinha uma irmã que morava ali de frente pra estação de onde as barcas saem, não na ilha, porque não compensava viver lá — pra quem é pobre igual a gente aquilo tá sumindo —, mas bem de frente, do terraço da casa que o cunhado pedreiro ergueu com o dinheiro das obras tinham uma vista imponente da ilha boiando, e lá era maravilhoso, pra sumir de verdade ainda demora, viu com os próprios olhos, às vezes fazia um bate e volta de fim de semana com a Simone: a vontade que dá é de nunca mais voltar pra essa confusão aqui do bairro, lá na ilha a vida passa em outro ritmo, se eu fosse você não perdia essa chance, não sai caro. Tinha que ver se o dinheiro ia dar mesmo. Pediu pra filha ver quanto ficava a hospedagem, as passagens de barca, o estacionamento pro carro. Dalva salientou pode deixar que eu chego junto, já reservadamente decidida. E se ela estava, iriam. Mas de todo modo a pesquisa foi feita e decidiram que dava, que mereciam, que nem se lembravam da última viagem todo mundo junto, mas quando foram reservar um quarto já estava em cima da hora. Não pensei que uma ilha fosse tão disputada, será que é porque andam dizendo que vai desaparecer? O jeito agora é aproveitar.

Por que o Gaio não veio? Ele tá desempregado, não é, tá com tempo livre. O garoto é trabalhador mas escolhe muito, fez o mestrado e agora só quer dar aula em faculdade. Por que não começa aos poucos, garanto que um colégio de novo ele arruma. Outro dia peguei um passageiro que pelo papo no telefone achei que era professor ali no largo São Francisco enquanto a gente se encaminhava pra lá. Pensei, tá indo dar aula. Mas um pouco antes do destino me disse quando chegar lá espera um pouco, por favor, vamos pegar meu filho e seguir pra Gávea. No fim das contas quem era professor ali era o filho. O coroa era também, só que em outra federal, em Niterói. Foram a viagem inteira criticando os colegas em comum. Tá vendo como é? Maior panela, eles não largam o osso. Queria contar isso pro Vinicius, mas ainda não tive chance. Tem gente que até fura a bolha, mas são poucos, só pra gente achar que tá avançando. São eles que têm os contatos, já nascem no meio. A gente fica na fila vendo se sobra uma vaguinha, mas quando chega nossa vez acaba, não tem mais dinheiro, não tem mais concurso. São sempre os mesmos lá comendo os nossos impostos sem querer dividir nada. Até parece que é deles. Nisso aí o senhor tá certo, pai, tem cada professor que puta que o pariu, ficam lá lendo aqueles livros mofados cheios de pose, isso quando vão dar aula, né, se acham brilhantes cuspindo aquele monte de ideia colonialista, ultrapassada feito eles. A gente lá no CA já reclamou pra tentar abrir processo: teve uma professora que passou o semestre inteiro inventando desculpa pra faltar, até a festa de aniversário do filhinho dela foi motivo. No fim deu sete pra todo mundo e vida que segue. Vê se pode. Antigamente, você não viveu isso, mas antigamente era uma dificuldade fazer faculdade, era coisa de rico, e quem cursava era certo de arrumar um emprego. Agora que popularizou já era. Não tem lugar pra todo mundo, principalmente pra quem chega depois. Melhor dar aula pra garotada mesmo do que andar duro. Por isso que o Gaio não veio? Isso é assim mesmo, sempre foi, lá na frota mesmo tá cheio de advogado, engenheiro. Na hora do aperto o táxi bota comida na boca de muita família.

Dalva diz que o Gaio é orgulhoso e gente fina. Devia ter vindo pra dividir essa cerveja com a gente. E o negócio lá da areia, que ele vive saindo e depois voltando, não pode ter vergonha, se a coisa estiver muito apertada mesmo, se conversar direitinho, seu Américo deixa ele voltar outra vez. Mas o Gaio diz que não volta nem amarrado. Até parece, Dalva, que pobre tem esse poder de escolha. A gente faz o que tem que fazer e acabou a história. Gente, esquece o Gaio, por favor, eu chamei e ele não pôde vir. Ponto. Tá ocupado com alguma coisa, nem me explicou direito. Dalva acha que se ele estivesse ali era capaz de conhecer uma praia mais vazia do que essa. Ou pelo menos tinha arrumado um quarto naquela pousada que a gente passou pelo caminho, até piscina. Mas mãe, nós estamos numa ilha, uma porção de terra cercada de água por todos os lados, tem até cachoeira, e você quer ficar em piscina de pousada, a senhora viu como estava quando a gente passou, se bobear mais cheia que aqui.

Vamos dar um mergulho, Junin? De cueca mesmo, que que tem, ninguém vai nem se ligar em você, olha só quanta gente. Vai vir aqui e não vai nem entrar na água? Gente, o que é isso, vocês contaminaram o menino — metendo a mão no botão da bermuda por debaixo da pancinha protuberante — bora bora, tira logo isso! Fora que você nem é daqui, meu filho, vamos passar o feriado e depois ir embora. Não precisa dessa timidez toda. Será que amanhã esvazia um pouco? Tem muita gente que não enforca. Quem sabe. Se não esvaziar de repente a gente pode pegar uma trilha levinha só pra sentir como o corpo de vocês reage, têm que sair um pouco desse sedentarismo. Dessa rotina. Por que tu não botou aquela cueca que fica igual a uma sunga, cara, eu vi que tu trouxe, parece que não pensa. Deixa ele, essa tá boa filho, vai lá. Cuidado, agora tá com pressa, não joga os óculos assim, vai arranhar a lente. Junin dá o braço à irmã e partem saltitantes, quase cena de filme se desse pra correr. Mas é muita gente. Vão é com dificuldade, nem três passos e a água já bate na canela. Invadem poses de selfies, mas fazer o quê? Impossível fingir que o paraíso é deserto.

Jorge, por sua vez, constrói a embriaguez paulatinamente, sentado na restinga abraçado aos joelhos, goles curtos de uma cerveja que há poucos anos quase todo mundo considerava a melhor, antes de o milho ser adicionado à receita e o mercado invadido por vários outros rótulos. Agora parece até refrigerante, tem de tudo, sabores, cores, concentração alcoólica. Até sem álcool, é mole? Da tradicional, nos últimos anos, só se fala mal, no ponto em frente ao Jockey então, sexta e sábado tanto os engomadinhos quanto a playboyzada da PUC só embarca empunhando a garrafinha verde. Mesma coisa ali na praça do Cazuza. Outro dia pescou uma conversa sobre a conexão entre a incidência cada vez mais comum de câncer de intestino e o consumo de cereais não maltados utilizados em excesso nas receitas dos rótulos populares. Agora o pobre nem pode mais beber sua cerveja em paz, sem medo de morrer? Depois viu a mesma história rodando pelos grupos do aplicativo de mensagem instantânea e daqui a pouco todo mundo falava disso. E a salsicha que o pessoal anda comendo como se fosse carne por causa do preço? O frango entupido de hormônio e a salada de agrotóxico? Não vai ser uma cervejinha que vai dar câncer em ninguém. Tem que ser muito trouxa pra acreditar nesse papinho furado de puro malte. Até parece. Aqui pra gente só chega o resto mesmo, a gente produz tudo, vende o melhor pros gringos que pagam em dólar e o resto a gente distribui pro povo. É assim com o café, deve ser também com a cerveja. Que, aliás, já tá cara demais mesmo a popular. O Luciano do sindicato, por exemplo, diz que agora bebe até menos porque as importadas são mais encorpadas, são mais fortes, deixam nossas cervejas nacionais parecendo água de poça. E chapam rapidinho. Só vive com essas cervejas frescas na mão depois do expediente, mas na hora do almoço só vem arroz, feijão e ovo na marmita. Pra que a pressa de ficar bêbado, de gole em gole todo mundo chega lá, né não Dalva?

Uhum, se estiver gelada então — hihihi —, óculos escuros que pegou no desconto de funcionária, chapéu floppy de palha cuja aba por pouco não cobre o nariz, quase invisível na sua sombra particular, no seu maiô azul-marinho, na sua cadeira alugada, não estava a fim de ficar sentada nas salsas-da-praia a tarde inteira, as formigas mordendo sua bunda, onde já se viu uma praia praticamente sem faixa de areia, onde as pessoas têm que sentar no meio dos arbustos, impressionante do que o ser humano é capaz. Tão acabando com o planeta! Mas pelo menos estava tendo a chance de passar a maior parte do dia sentada, tinha que aproveitar, até deitada se quisesse, como agora quis, inclinando o poliéster carcomido até a posição oito e contemplando as unhas rebu nos dedos dos pés, a perna esticada até a pontinha dos dedos, nossa que preguiiiiiiça, que privilégio! Só tem que tomar cuidado com esses cactos, Jorge, cuidado pra não furar a mão, foi isso que aconteceu com aquela garotinha ali, por isso que ela largou o picolé no chão e saiu chorando.

Dalva vivia oito horas de pé de segunda a sexta, das nove às cinco, e mais quatro no sábado pra completar as quarenta e quatro horas semanais. Não estava mais querendo trabalhar nos fins de semana, pelo menos isso, não via a hora de se aposentar, reclamava muito do esporão, mas agora também do ciático e às vezes do joelho. Tinha hora que era tanta dor no corpo que esteve a ponto de ir perguntar ao Marinho quais eram seus direitos nesse caso, já que ele tinha lidado a vida inteira com isso em escritório de RH, estava doida pra dizer que não trabalharia mais aos sábados, que compensaria com quarenta e oito minutos a mais todos os dias, que ficava até mais tarde. Se quisessem contar com a sua experiência em vendas, com seu discurso capaz de proporcionar ao cliente muito mais que simplesmente óculos e lentes, mas saúde e confiança, amparada no curso técnico em optometria e na intimidade com o lensômetro, a condição era essa. Só não tinha botado pra fora ainda porque no fundo já sabia que não ia rolar, não com o pessoal da loja assim desunido, um bando de puxa-saco, a ideia tinha que ser coletiva pra ter chance de dar certo. Jorge reforçou que se ela fosse sozinha ficaria malvista, não valia arriscar por uma coisa tão improvável quanto o patrão dar esse privilégio só a ela ou deixar de abrir a loja aos sábados porque os empregados não estavam querendo trabalhar: mais capaz mandar todo mundo embora — aos poucos — e ir contratando gente com disposição. Ou mais provável ainda, uma demissão só, pra servir de exemplo. E adivinha quem ia rodar primeiro?

Ótica, senhora? Ótica, exame de vista grátis sai na hora, ótica? Óculos de sol, jovem? Lentes de contato, colírio, manutenção e ajuste de armações, ótica? Não sabe como aguenta ser tão inconveniente, apesar dos tantos anos de carreira e dos atalhos na palma da mão, não nasceu pra isso como a Deise, que transforma as oito horas numa gincana, que conta quantos botou pra dentro, quantas mercadorias efetivamente vendeu, quantas foram quase mas da próxima vez já sabe — venda desse tipo não perco mais —, se foi de sol, se foi lente e da mais cara. Para Dalva, não passava de obrigação saber que apesar de mais baratas, lentes de contato são uma boa venda, já que costumam garantir a volta do cliente mais cedo, pois duram menos. E depois passar o macete pra colega, que então focava nas lentes, na vantagem pro visual, na oferta de cores e na tecnologia cada vez mais segura dos novos itens, achando o máximo o contato com as pessoas, a dinâmica da abordagem fortuita, o não ter nada a perder e como o medo do outro fica tão pungente e tão humano ali, no cruzamento entre a necessidade de um salário e a vergonha da rejeição. Um frio na barriga e depois tudo de novo e de novo e de novo, a adrenalina que sobe: ótica? E na maioria das vezes não receber nem o olhar de volta. Ou pior, ser evitada desde longe. Por isso preferia calçada cheia, apinhada, data comemorativa, início de mês. Na calçada vazia a desolação é maior, a fragilidade ali nua e uns mal-educados que preferem fingir que tão olhando alguma coisa no outro lado da rua — até um rato atolado no bueiro de tão gordo é mais digno de atenção que ela — do que dizer obrigado. Ótica? No fim das contas todo mundo naquele calçadão só quer fazer suas vendas, aumentar a comissão, e Deise, especificamente, ver se de repente sobra algum e consegue dar um pulo em Buenos Aires nas férias, mal tinha ido a Minas mas tinha uma amiga do teatro que deslanchou na carreira e agora mora lá, dizem que o dinheiro rende e nem vou gastar com hospedagem. Só que precisava conseguir vender um pouco mais, bater e dobrar a meta, e tinha dia que era tão mas tão difícil que achava mais provável a ótica baixar as portas, abrir falência e pôr todo mundo no olho da rua. Mas pelo menos dá pra flertar com os gatinhos de óculos escuros, aproveita! Dalva até achava graça dessa juventude espevitada que tira piada até de ter que se virar com pouco mais de um salário mínimo num mês de baixa comissão, só mesmo o despojo da responsabilidade, a falta de filhos, casa e marido pra cuidar, mas dava umas gargalhadas porque aprendeu que bom humor nunca fez mal a ninguém e respondia que não estava disposta a pôr em risco um casamento de vinte e cinco anos pra flertar com garotão que fica provando o mormaii mas tá na cara que não tem dinheiro pra comprar. Até se desvencilhar do papo furado — dá dez mas não dá cinco — e fugir pro seu posto, quieta, aprumada com a camisa azul-clarinha pra dentro da calça azul-marinho, as mãos cruzadas nas costas, esguia, o peito estufado e o cabelo crespo alisado bem puxado pra trás, amarrado no coque que deixava sua bela testa à mostra, farejando a clientela de olho no movimento da rua, impressionada com a incalculável quantidade de pessoas: suas presas. Ou então ia arrumar outra coisa pra fazer quando não tinha cliente, ajudar a montar uma vitrine, calibrar o autorrefrator, fazer o que tinha que ser feito pro tempo passar mais rápido e a hora de ir embora chegar logo.

Pra somar resignada mais uma hora, uma hora e meia de pé pra voltar. De novo e todo dia. Levantava da cama quase junto com o sol e só ia ter a chance de se sentar de verdade na hora do almoço, porque até tinha o banquinho na loja justo pros vendedores poderem descansar as pernas um segundo, mas parecia até que era reservado pros clientes, porque quando algum funcionário sentava vinha uma tensão no ar, a certeza de que seria tachado de preguiçoso se o Maurício desse o flagrante — gerente puxa-saco com quem Dalva travava uma guerra fria, tratado a bom-dia, boa-noite, obrigada, com licença e sorriso sem mostrar os dentes. E por mais que sobre ela caíssem os frágeis louros dos elogios e a matemática das metas batidas quase todo mês, Dalva se mantinha de pé o expediente inteiro — a única exceção eram os minutos a mais no banheiro, também é filha de deus — porque não gostava que nutrissem poréns à sua conduta, sobretudo um bosta daqueles que muito bem poderia indicá-la na hora do inerente corte de gastos. Não estava podendo, ainda mais que tinha somado um supérfluo ao orçamento apertado e comprado em doze vezes sem juros a smart tv quarenta e duas polegadas pra ver suas séries no conforto.

Na hora do almoço, do único refresco pros pés, engolia o próprio tempero e fazia o tempo que sobrava render. Gostava de sair pra bater perna na rua, trocar de posição e olhar umas vitrines, se deixar ser abordada pelas vendedoras, atenta às suas técnicas e desfrutando seus deslizes, ou dar uma passadinha no mercado pra comprar algum queijo, algum pão, um iogurte pro Junin, um quilo de acém pra segurar até o pagamento e a próxima compra do mês. Não tinha tempo sobrando pra ficar parada. Trabalhou a vida toda com isso, sempre no comércio e com vendas, e sabia ler o comportamento humano a ponto de empurrar um óculos escuros da promoção junto com o de grau, dez por cento de desconto no pagamento à vista, e se os olhos do cliente rodavam a loja rajados de incertezas e cálculos podia ser então um limpa-lentes de cortesia na caixinha de couro com um pano de microfibra especial, antirriscos e arranhões, e ainda caprichava no embrulho do presente, no laço, na bolsa de poliéster em vez de plástico. E assim vencia as horas, entediada e firme, sem alternativas a não ser encarar e viver do que conseguiu conquistar ao longo da vida. Que pra alguns podia até ser pouco, sabe que tem gente que despreza e até sente raiva de quem fica ali fazendo abordagens na calçada pra ganhar um salário miserável. Mas Dalva — que em boa parte concordava que seu emprego era uma merda e o patrão um grande de um belo de um filho da puta — tinha hora que chegava a se sentir privilegiada: era só conseguir chegar a tempo de ligar a televisão no RJTV enquanto fazia a janta.

Na praia, ao redor, começam a descer peixes empanados, espetinhos de camarões graúdos, salsichões, sanduíches de frango desfiado, maionese e cenoura ralada. Os estômagos roncam juntos. Jorge aceita um cardápio depois de ter negado dezenas de ofertas dos vendedores que circulam quase pisoteando os turistas, deixa eu dar uma olhada. Os olhos passeiam rápido pelo papel plastificado, bilíngue e repleto de erros de português que chegam a incomodar até seu conhecimento mediano. Mas não tanto quanto os preços. Se aventura a imaginar quantos deslizes terão cometido no inglês e bem feito pro imperialismo estadunidense e seus tentáculos, puta que o pariu, vinte e dois reais uma porção de batata. Não vou querer não, brigado, despacha o moleque de cabelo platinado que ficou ali escoltando na expectativa do pedido e tampando o sol de uma meia dúzia. Assim desprevenido, sequer um sanduíche natural pra dar aquela enganada, nem parece que na juventude foi um farofeiro de respeito, ele e os amigos no ponto de ônibus cedinho, praia de Ramos lotada todo domingo e nas mochilas às vezes levavam até um galeto. A prática a gente perde, claro, a vida avança em novas rotinas, as responsabilidades pouco a pouco soterrando os ímpetos, o ensino médio, o curso técnico de mecânica, a intimidade com o fusca do avô, a cooperativa de táxi onde prestava serviço de manutenção com vaga aberta pra motorista e de repente aluga uma licença e deixa quase metade do que consegue faturar na mão da frota e passa a rodar pra cima e pra baixo num chevette amarelo que aos poucos tratava como se fosse seu, paciente com as idiossincrasias da sua correia dentada, com as abundantes infiltrações a cada chuva de verão — parecia que chovia mais dentro do que fora daquele carro — e com o traiçoeiro marcador de combustível, vez ou outra iludindo um tanque pela metade quando na verdade já estava pra lá da reserva, deixando seu locatário em pane seca em plena avenida Brasil. E depois o santana ainda arrendado e o palio weekend suado em quarenta e oito vezes com entrada a troco de poupança na Caixa Econômica Federal e colégio público pra filha: o carro da família até hoje. As burocracias resolvidas, a licença própria, a cidade na palma da mão. E as crianças. Pronto. Há quase trinta anos todo dia ele faz tudo sempre igual. Marmita fria posta pra dentro em dez minutos, atrás do volante, ou até alguém vir e tá livre? Sempre. Agora hoje pelo menos queria sentar numa mesa com a família, receber o cardápio e fazer o pedido, esperar sentado tomando uma coca com gelo e limão até a comida chegar quentinha, alguém recolher os pratos e trazer a conta. Dalva, tá com fome? Ainda tem da paçoca e do biscoito que o Junin trouxe. Tira um, passa o pacote pra esposa e dá um longo gole na sua brahma.

Cê é muito prega mesmo, engoliu pedra? Tem que prender a respiração, quanto mais ar nos pulmões melhor. Agora solta bem devagar, expira, vai, bem devagar. Vai, vai, isso, vai, tá conseguindo, vai, no mar é molinho, bem mais fácil que na piscina. O sal segura um pouco do peso do corpo e a gente fica menos denso que a água, aí fica tranquilo. Tu é o maior nerd mesmo, moleque, fica só fazendo essa pose aí de marra mas é o maior estudioso, só tira nota boa, isso é coisa de pré-adolescente mesmo, idade miserável.

Junin não gostava desse papo de pré-adolescente nem de estudioso, já se considerava quase adulto e inteligente, o que é diferente de estudioso. Achavam ele avoado, mas é que não tinha tempo pras coisas rasteiras da vida, gostava era da imensidão do céu, da luz das estrelas, da lua amarelinha e cheia no horizonte baixo e de matemática, principalmente. Aos seus olhos, era um daqueles tipos que dão uma passada por cima na matéria porque a mãe enche o saco — mas nem precisava — ou dos que prestam atenção por uns cinco minutos na desinteressante professora e já aprendem sem esforço: tinha nascido dotado de sagacidade e raciocínio rápido. No entanto, na escola não ligava se o chamavam de estudioso, gostava da moral que vinha junto com a fileira de notas azuis, aqueles números redondos vistosos 8 9 10 muito bem e parabéns.

Além disso, agradava-o também o status, mesmo que passageiro, entre os colegas. Tá certo que era só três vezes no ano, em época de prova, mas adorava receber a correria selvagem na sua carteira, quase uma fila de afoitos que mal interagiam com ele agora de rabo entre as pernas pedindo explicação sobre a matéria que vai cair, desesperados na ânsia jovem de entender tudo entre um tempo de aula e outro, e conseguindo: Junin, tu explica melhor que o professor, tu é foda mesmo. Pior que tu daria um bom professor mesmo, hein, Junin. Eles têm razão. Tá maluca, boiar é molinho! Só relaxar.

Deve ser porque é gordo, parente da baleia, por isso que boia fácil assim! Já viu bola afundar, cara, é tanta banha que não consegue nem correr, tá sentindo o chão tremer? E depois dessas, como ia fazer aula de educação física? Mas quando na sala de aula tensa de silêncio e corpos inclinados sobre folhas de papel essas mesmas vozes cochichavam às costas da professora psiu ô Junin Junin psiu aqui cara, o moleque sabia efetivar sua vingança: ostentava a própria concentração coçando a testa, se fazendo de surdo. Insistiam coé cara ajuda aqui na questão quatro e ele nada. Costumavam jogar bolinhas de papel e recadinhos na sua mesa para tentar pressioná-lo, principalmente quando as professoras iam ao banheiro ou decidiam que era um bom momento para bater papo no corredor e pediam ajuda, dá uma olhadinha aqui pra mim Roni por favor. Logo o Roni, o porteiro que todo mundo sabia que nem ligava pra cola, até achava engraçado fingir que não estava vendo os papéis batendo na cabeça do Junin, os sibilos arrastados e o gordinho enfim vencido pegar uma das bolinhas, desamassar, ler, franzir o cenho, virar de leve a cabeça por cima do ombro e mostrar o dedo do meio.

Quem do tablado observasse todo dia aquela cabeça escorada na parede, a cara de desinteresse amassada pela mão apoiada na bochecha grande, as pálpebras pesadas e ele quase caindo da cadeira estrategicamente posicionada abaixo do visor, único ponto cego do temido inspetor — que aproveitava a opacidade do vidro pra ver sem ser visto todo o movimento, desde a titubeante performance docente balbuciando ememecês até a precoce turminha do fundão — era incapaz de entender as notas do Junin ou imaginar sua capacidade de concentração diante de abstrações científicas cada vez mais complexas. Os planos de matriculá-lo numa escola particular, para valorizar sua prodigalidade e quem sabe ter um filho doutor, no entanto, eram adiados todo ano. Escola pública forma caráter, defendia Jorge, além do mais vinha juntando meio em segredo a entrada pra um carro novo, é meu instrumento de trabalho, Dalva, e eles tão oferecendo condições favoráveis pra quem é do setor — saca o celular — olha só esse cronos 1.3, supereconômico, entrega um desempenho de primeira e consome pouquíssimo combustível. Tá comparando teu filho a um carro, Jorge? Mas afinal de contas o garoto vai receber o diploma dele tanto na escola pública quanto na particular, antigamente inclusive colégio bom era público e se ele é tão inteligente assim como dizem as professoras vai passar pra faculdade que quiser, e nem tá na hora ainda de se preocupar com isso, deixa o menino aproveitar a infância enquanto pode que depois a gente sabe muito bem o que espera por ele.

Junin mantém a mão direita nas costas da irmã, apoiando a fragilidade da flutuação enquanto ela fecha os olhos e saboreia a surdez repentina. O mundo some e cresce vermelho em outra dimensão. Tudo o que ela queria era essa fuga. Frui a súbita solidão, a suspensão momentânea dos sentidos e a cabeça leve, porosa, desmanchando na água quase morna. Ondula à deriva dos compromissos: o antagonismo da rotina. Irmão, é bom demais. Está fora de órbita, nem parece a mesma vida de todo dia e nem é tão difícil assim. Se já foi capaz de chegar ao paraíso mesmo nessa praia lotada, o que será que não se esconde do outro lado de uma trilha de mata virgem, que areia branca sem pegadas sombreada por palmeiras e coqueiros cujos frutos, ao alcance da mão, guardam a água mais docinha e saborosa do universo? Bem distante do seu mundo de ontem, quando as mensagens de Gaio não paravam de vibrar e se empilhar na tela rachada do samsung.

Até que um jet ski começa a manobrar a poucos metros e tira a concentração de Amanda. Alguns banhistas ecoam protestos e o piloto incrementa as ondas de suas curvas com um sorrisinho na cara. Lança esguichos nos mais próximos — cujo pavor de perder uma perna era real — enquanto enfileira cavalos de pau, submarinos e chafarizes. Terminada a exibição, acelera em direção à arrebentação e ganha o alto-mar a toda, aquele rastro de espuma branca e a bundinha empinada dentro da sunga vermelha. Quer dizer que são esses daí que vão dominar o mundo quando terminar de afundar, alguém mais antenado comenta, como se já não dominassem. Não demora muito não dá tempo nem de Amanda olhar direito pro rosto da pessoa surpreendentemente bem informada ou conseguir boiar de novo e encosta uma lancha, João Gomes insistindo alto que queria te beijar de novo, o teu beijo me enlouqueceu, copos de drinques coloridos nas mãos, biquínis neon, tatuagens, gargalhadas estridentes e conversas indistinguíveis até que tibum! todos os oito de uma vez. A essa altura Amanda ainda nutria a esperança de voltar pro seu mundo bucólico em outro espaço-tempo, mas bebe uns bons goles de água salgada quando um fortinho cai quase em cima da sua cabeça e emerge com o copo vazio rindo caralho perdi o drinque todo tá maluco hahahah…

Ó lá, Dalva, é isso aí que ficam oferecendo pra gente, coisa mais sem graça, passeio cronometrado, parece até que os caras ficam te vigiando, olha o tédio dos que tão caretas, parece até que os clientes estão atrapalhando, e tão, né, trabalhar pros outros se divertirem é dose, ainda mais um feriadão desses, essa praia linda, esse sol maravilhoso! Tim-tim! Saúde pra nós que só tem mais uma. Já acabou? Lembra logo quando a gente se conheceu, eu naquele movimento de tentar trabalho com carteira assinada, me desentendendo em seis meses com qualquer tipo de patrão e voltando pro meu chevette — ninguém queria mas eu tinha apego, fazia questão mesmo com o vazamento de óleo, eles achavam que estavam me castigando porque eu era inconstante, insistiam em dizer que não podiam contar comigo no sindicato, que eu dava as melhores ideias mas depois largava todo mundo na mão, se fosse mais assíduo tinha chance até de ganhar um cargo na diretoria — mas naquele tempo o que eu mais odiava era levar gente pra festa, show, bar, preferia trabalhar só de dia, por mais raiva que desse dirigir praqueles engravatados, no fim das contas tive que me acostumar com a noite, era pagar o aluguel e administrar o meu rancor. E o pior é que é assim que o mercado funciona, né? Tinha que transportar os privilegiados, ficava puto, mas ao mesmo tempo dependia e ainda dependo — você também — deles pra sobreviver, porque se fosse contar com o povão mesmo eu tava fudido, que com o dinheiro de uma corridinha qualquer de táxi dá pra comprar um quilo de feijão.

Jorge, quase simultaneamente à pronúncia da última palavra, olhou pra frente — a essa altura a cabeça voltada pra esquerda fixava em Dalva — e, num lance improvável, conseguiu enxergar os dois filhos em meio ao carnaval de corpos daquela hora da tarde. Diz lá vem eles pra Dalva, tentando apontar sem sucesso, e continua esforçadamente acompanhando a volta dos dois, que somem e ressurgem repetidas vezes, parecem meio perdidos a certa altura, quase repelidos de volta pro mar que já nem faz fronteira com a areia, e só acham Jorge depois que ele grita Amanda, aqui!

Nossa que falta de educação esse pessoal meu deus do céu! Ué, você não queria fazer um passeio de lancha, dar um trezentos e sessenta, é isso aí que nos espera. Não, pai, depende de quem você contrata, de com quem a gente fecha, esse povo aí tá na cara que quer aparecer. Se bobear a lancha é de algum deles. Mas tem trabalhador ali, tu viu a cara amarrada daquele de camisa do Botafogo, nem todo mundo ali tá se divertindo não. Deve ter uns passeios mais família, Jorge, pra gente da nossa idade. Eu que não quero um som nessas alturas na minha cabeça. Chega a estar esvaziando a praia, ó lá, agora que vai ficar bom. Que ficar bom nada, Junin, o pessoal tá dispersando por causa da falta de respeito e porque a areia sumiu, isso sim, nada de bom! Não tá com fome não, filho? Já passou da hora de almoçar, vocês ficaram o maior tempão nessa água, não cansam não? Tá gostosinha a água! Junin assoa o nariz com os dedos enrugados e diz que sim tô com fome, onde a gente vai comer?

Enquanto torce o cabelo, enche a mão de creme e cata o pente cheio de fios mortos e crespos na bolsa de pano do primeiro simpósio internacional geoáfrica, Amanda diz que viu um restaurante simpático no caminho, vegetariano, disruptivo, que não anima ninguém. No entanto, vão levantando, enfiando os pés na restinga quase um brejo, Jorge e Dalva leves e rindo juntos do relato de Junin sobre a dificuldade da filha pra boiar, rememorando como insistiram pra que ela fizesse natação e a posterior impossibilidade de continuar frequentando as aulas por causa da crônica dor de ouvido. Agora, a essa altura da trajetória do mundo, era vital, questão de sobrevivência aprender a nadar, ou pelo menos boiar.

Depois o papo flui pra um consenso em torno de frutos do mar ou peixe frito, um inteiro — ou dois — passado no fubá e bem crocante pra família toda, acompanhado de arroz, feijão, pimenta e salada verde. Dalva saliva com a perspectiva de comer fora e tenta puxar pela memória a última vez. Junin preferia um churrasco com batata frita, mas com o peso do sal nas costas e o sol quente na cabeça não acha disposição pra argumentar, votaria inclusive no mais próximo. Percorrem o mesmo caminho por onde vieram, o sol um bocado mais inclinado, as ruas alagadas e o cooler consideravelmente mais leve, tanto que Jorge carrega sozinho: tá tranquilo.

O de frutos do mar e peixe frito ficava na orla do centrinho, na rua mais movimentada da ilha, as mesas e cadeiras distribuídas num deque de madeira acima do nível do mar, se derramando pela suposta calçada e protegidas do sol por um toldo listrado branco e amarelo a essa hora incapaz de cumprir seu papel: a vista aberta pros barcos atracados, o sol quase cegando, um brilho desumano e as tintas fortes caprichadas no clichê de cenário fotográfico. Junin inclusive já ia registrando a pose de Dalva e Amanda abraçadas, uma com o braço em volta do ombro da outra, a mãe com um sorriso maior que o da filha. Mas a cozinha infelizmente já tinha fechado. Aqui a gente serve o almoço até as dezesseis horas, aliás na ilha inteira é mais ou menos assim, ouvem depois de consultarem quase dez estabelecimentos e receberem a mesma negativa ou darem com a cara na porta, a não ser no terceiro, lá ainda tinha comida, estavam servindo o prato feito, comida à vontade e dois pedaços de carne, mas o prato é raso, rasíssimo, e só tem linguiça. Fora que a família, por unanimidade, achou que era resto. E ninguém queria sobra, basta!, estavam de folga, curtindo um feriado prolongado na praia, alugando um quarto naquela ilha histórica, trabalham pra caramba a semana inteira, não é possível que não tenha um restaurante com uma comida decente aberto, que falta de infraestrutura, que meio do mato é esse em que a gente veio parar, deve ser por isso que os índios se comiam aqui, tem mais é que afundar mesmo, ninguém vai sentir falta! Nossa que falta de respeito, pai! Até que a voz realista de Dalva decretou que o jeito ia ser voltar lá mesmo e se dessem sorte ainda achavam aquele arroz e feijão dormindo no aço frio e pediam pra garçonete se é possível de repente requentar aquela calabresa e quem sabe até estalar um ovinho.

Jorge vai dando a calabresa quase toda pro caramelo com cara de choro que decidiu, depois de rodear e sentir o clima, repousar a cabeça na sua coxa e babar o tecido sintético da bermuda. Dalva mata a fome metodicamente, decepcionada, não imaginou que já no primeiro dia sentiria falta da sua marmita. Tá jogando comida fora, pai? Isso nem pode ser chamado de comida, é osso triturado misturado com resto de pele, carne estragada que cai no chão, sujeira de sola de sapato e rato molhado. Depois dorme no ácido pra amanhecer mais vermelhinha e cara de saudável. A gente vai lá e come. Sabia que é assim que eles fazem? Mas o arroz com feijão tá bom. Se não quer me dá que eu como. Calma, Junin, nem acabou teu prato ainda. Puxa pai isso é assunto pra ser tratado à mesa, justo o que a gente tá comendo. Mas é por isso mesmo que eu tô pensando em virar vegetariana, nem ligo muito pra carne mesmo, mas antes vou a uma nutricionista que o Gaio me indicou, prima dele — abocanha a calabresa que manteve erguida na ponta do garfo. Acho bom mesmo, não pode parar de comer carne assim de uma hora pra outra, vai tirar os nutrientes de onde, daqui a pouco tá aí anêmica. Que nada, mãe, no mercado tem cada vez mais alimento pra vegetariano, pra vegano, tem muita gente optando por esse estilo de vida. Falando nisso cadê o Gaio, você ainda não explicou pra gente por que ele não veio. Quer um pouco da minha linguiça, Junin, não vou comer mais não. Ih qual é a desse papo de quer linguiça, qual foi? Não muda de assunto Amanda, responde teu pai, cadê o namorado, terminaram? Nossa, gente, vocês sufocam. Moça, tem wi-fi aqui? Tem mas o sinal hoje tá tão ruim, não tá funcionando direito, mas a senha é cantinho-dailha123 tudo junto. Obrigada. Já vi que terminaram e ela não quer contar. Vou ao banheiro. Aí, fugiu!

Tá certo que a família tinha baixado as expectativas pouco a pouco, de frutos do mar pra churrasco e depois até pra um pratinho fumegante de comida caseira. Mas ninguém imaginou que iria parar na calabresa. E não vem ninguém trazer a conta, cadê o pessoal. Quase cinco da tarde, todo mundo é filho de deus, já devem ter ido descansar. E Amanda que não volta desse banheiro: tava lá sentada na tampa do vaso forrada de papel higiênico lendo as mensagens do Gaio que saltaram feito pulga da tela do celular assim que conectou, e ainda optando por continuar não respondendo aos kd vc e até aventando a possibilidade de mudar de número, não ia ser fácil assim. Até parece que ele não iria na casa dela tocar a campainha, pedir pra falar com ela, e por mais que ela pedisse que dissessem que tinha saído e proibisse todo mundo de falar com ele ia chegar o dia em que voltando da faculdade mais cedo, animada porque não precisou pegar o engarrafamento, daria de cara com o Gaio na cozinha, cara de choro já cansando Dalva de tanto perguntar mas a senhora não sabe o que houve com a Amanda, parou de responder às minhas mensagens e atender o telefone do nada, enquanto comia um pedaço de bolo de fubá.

Apesar disso, naquela hora, explicava pra si mesma que era melhor desaparecer do que ser responsável pelos sentimentos que resultam da rejeição explícita, não queria lidar com isso e o Gaio já estava atravessando uma fase difícil o bastante, desempregado e triste porque só vinha conseguindo salvar o mês por causa dos bicos com os caminhões de areia. Não estava nos planos dele, a essa altura da vida, ainda ter que se curvar ao capitalismo predatório, aquele que do fundo do coração gostaria de contribuir pra incendiar e derrubar — o que só seria possível por meio da revolução dos trabalhadores organizados: ensaiava uma revolta com sua carteirinha do psol em meio a copos de cerveja e porções de croquete de jiló. E logo a Amanda, que se mostrava tão sincera, carinhosa e compreensiva, alinhada às suas demandas ideológicas e afetivas, nem parecia a mesma pessoa, mas estava envergonhada demais — além de, julgava, no seu direito — pra confrontá-lo e simplesmente dizer que não queria mais conversar, chega, estava cansada de tratar sempre dos mesmos assuntos, frequentar sempre os mesmos lugares, encontrar sempre os mesmos amigos, transar sempre na mesma posição, apesar de não estarem oficialmente juntos nem há seis meses.

Amanda e Gaio se conheceram na faculdade, ela finalmente depois de três enems e dois vestibulares da uerj, de caixa no mercadinho e estudando quando dava tempo e quando não estava cansada demais. Nem pensou que fosse conseguir mas não desistiu. O mercadinho era uma merda, sentada o dia inteiro aguentando grosseria dos outros, sujando a mão com dinheiro e toda hora digitando valor naquela maquininha — sempre odiou matemática — ganhando uma mixaria pra ficar nessa o dia inteiro e não sobrar pra nada além de ajudar em casa e comprar uns negocinhos pra ela. E ainda passava no crédito. Nunca parou de achar que merecia coisa melhor, de bolar planos pro futuro com a Lúcia, sua colega no caixa vizinho, nem de escutar em casa que não adiantava reclamar, tinha era que estudar. Até que chegou ao ponto de se habituar a estudar sozinha, passou a gostar da rotina de ficar aprendendo coisa nova que na escola não tinha conseguido ou não tinha se interessado. Só que evitava algumas matérias, as que considerava chatas: era justo por isso que não conseguia entrar na universidade. Tinha que tapar o nariz e ir, e foi mais ou menos o que ela fez com biologia, que apesar de ficar lá mais perto do grupo das ciências exatas tem o porém de ser do grupo específico de natureza, e de natureza Amanda gosta, então focou nisso, aprendia um pouco sobre ecologia, tipos de sangue, infecções sexualmente transmissíveis, platelmintos, reprodução, invertebrados, sistema respiratório e às vezes ainda dava sorte e acertava se o suposto indivíduo nasceria albino ou não, tinha virado rotina e era o único jeito, não via alternativa melhor. E deu certo, tinha passado dois anos raspando, não precisava de mais que isso.

Gaio já era veterano nessa época, da comissão de trote, todo expansivo se apresentando e fazendo questão de ficar por perto dela na hora do pedágio, uma das situações mais constrangedoras e ele ali, acompanhando sua mendicância. Se ela olhasse pro lado tinha uma autoridade, porque pra Amanda era autoridade o cara que falava com todo mundo e com quem todo mundo vinha falar, ainda mais ali naquele ambiente tão novo pra ela. Então, num meado de março, depois de pedir demissão com a boca cheia e contando com o dinheiro que o pai prometeu pra passagem e alimentação — pra começar achava de bom tamanho —, ela passou a desfilar seus croppeds por aqueles corredores cinzentos, aprendeu a andar de trem e umas linhas novas de ônibus, a descobrir a zona sul e a conhecer outros jovens mais parecidos com ela, gente que era filha de dona de casa, de empregada, de pedreiro, de enfermeira, tinha até a Bia, filha da dona Neide que morava ali perto da praça do Zé Duro, pegavam aula no mesmo horário às vezes e iam amassadas pelos mesmos inconvenientes no parador, e tinha filho de funcionário público também, de médico, de arquiteto. Gostou muito da faculdade, muito mesmo. Nunca tinha vivido nada igual, era bem diferente dos filmes estadunidenses aquela diversidade por metro quadrado, estava só começando a descobrir coisas novas, muito melhor que biologia. Era uma novidade atrás da outra: e de repente estava dando na primeira noite. Foi libertador. Traumático só o medo da gravidez, que costumava tirar umas noites de sono mesmo com a menstruação em dia. Mas isso foi o de menos. Anos atrás nem se quisesse conseguiria dar na primeira noite porque não achava ninguém apetecível, não tinha a menor vontade de dar praqueles moleques do bairro depois de uns beijinhos no baile. E só saía do bairro pra trabalhar, morava com os pais, vivia dura.

Mas não foi logo que ela entrou no curso de geografia em sexto lugar das sete vagas reservadas para negros, indígenas e quilombolas que rolou com Gaio. Demorou uns meses. Ele tinha uma namorada popular no curso e formavam o casal vinte do centro acadêmico. Foi só aos poucos que Amanda farejou o teor político-ideológico daquela relação e começou a olhar mais detidamente pra ele na cantina. Gaio notou, sorriu bons-dias e você é nova no curso, né, prazer — já esquecido da ocasião do trote. A partir daí começaram a ficar umas vezes, chopadas e beques compartilhados num depósito de cadeiras velhas abandonado no terceiro andar, ele prolixo defendendo as vantagens do relacionamento aberto. Depois de quase um ano numa dinâmica de beijos e dedadas pelas penumbras do centro da cidade, os encontros se tornaram mais íntimos: pernoites a sessenta reais, sexo bêbado, despedidas desajeitadas. Até o dia em que Gaio confessou não ter aguentado a notícia de que sua agora ex-companheira tinha um relacionamento lésbico mais longo que o deles, descobrindo, assim, que desempenhava o papel secundário numa relação de amor ainda mais livre. Seu namoro terminou ali e Amanda ocupou o vácuo, inflando o mau-caratismo da concorrente — uma sonsa mentirosa que traiu a sua confiança, Gaio — e gozando da posição de destaque que passou a ocupar diante dos outros estudantes do curso: a de companheira do integrante mais ilustre da diretoria do CA.

No restaurante, surge um dos rastas que estavam na mesma praia que eles, encara a família ali abancada num canto, não ensaia qualquer cumprimento e repousa na cadeira vazia seu mostruário de produtos muito bem organizado, dividido por cores e peças, as redondas, as triangulares, as quadradas, preço etiquetado escrito à mão numa caligrafia exemplar, a maioria de metal e umas poucas pulseiras e tornozeleiras de tecido naquela combinação do reggae, afinal de contas não era só seu gosto que contava, tinha que agradar a clientela. Inclusive no próprio visual. Por isso, assim que decidiu pôr o pé no mundo e viver o sonho mochileiro, longe daquele escritório de advocacia onde ia ganhando cada vez mais responsabilidade enquanto o velho se recuperava da ponte de safena e preparava a aposentadoria, logo adotou o penteado com que sempre sonhou. Tem gente que acha que precisa ter o cabelo crespo e deixar crescer pra aderir aos dreadlocks, ele mesmo pensava, mas decidiu que um penteado rasta combinaria com seu novo lifestyle e se deu ao trabalho de pesquisar a existência dos sintéticos, tão rápidos de serem devidamente instalados quanto o transcorrer de uma tarde cinzenta de terça-feira vendo o movimento do largo do Machado através de um vidro sujo no terceiro andar. O resultado ficou espetacular — parece até natural, impressionante —, valeu cada minuto e duraria um ano, mas era bom fazer a manutenção de três em três meses.

Só que não foi simples. Antes disso, nem um mês depois de reassumir suas funções no escritório, com o aval do médico e a insistência da esposa, o pai de Enzo sucumbiu à sensação de aperto e dor no pescoço, o fluxo do sangue no coração foi suspenso por um novo coágulo que cresceu sorrateiro, se escondendo nos exames pós-operatórios: infelizmente a gente não podia fazer nada era o melhor exame do mercado no melhor laboratório na melhor máquina mas infelizmente ele não aguentou a segunda parada cardíaca conseguimos reanimá-lo uma vez ele já estava sendo encaminhado para a UTI master plus mas infelizmente não resistiu meus pêsames.

E foi uma sucessão de más notícias, desaguando na de que ele não ficou com o apartamento de Ipanema, que foi pra Helena só porque era a irmã mais velha. Teria que se contentar com o do Flamengo. A raiva foi tanta que na mesma hora em que o Tarcísio, velho advogado da família — também um velho amigo do seu pai, antigo sócio, e pai do seu melhor amigo —, terminou de ler o testamento ele levantou da cadeira, deu uma olhada na Cinelândia enquanto meio que se arrependia do gesto grosseiro e fingia consultar o telefone, pediu licença e saiu pisando duro com seu par de botas de couro meio social quase novo no carpete cinza já tão acostumado a seus passos. Havia algum tempo o que ele mais queria era que suas botas o levassem cada vez mais pra longe dali.

Desceu pro Amarelinho, pediu um chope, acendeu um cigarro e antes de chegar ao terceiro — a manga do paletó estendido no encosto da cadeira quase arrastando numa poça d'água do alagamento de anteontem — já tinha decidido o que faria da vida dali em diante. Já brindando não ter mais ninguém a quem prestar satisfação, pôs o dois quartos onde vivia sozinho em Laranjeiras pra alugar, junto com o do Flamengo, e foi viver seu sonho: vender pulseirinha na praia.

Enzo então senta na cadeira ao lado dos seus artesanatos, saca o celular e começa a mexer. A moça baixinha que servia a família, sem demora, chega com uma garrafinha de água mineral com gás e um copo com gelo e limão, que enche até a borda e vira as costas, sem nenhum sinal de interação social além desse. Jorge, alheio aos detalhes da cena, distraído considerando um bom nome pro caramelo, aproveita pra levantar o braço e desenhar no ar o gesto de quem pede a conta. Apressada a caminho da cozinha, a garçonete — que talvez fosse a dona do lugar, não tinha mais ninguém ali — aponta prum cantinho escondido em meio aos vasos de comigo-ninguém-pode e grita é só ir ali no balcão, já vou. O rasta segue impassível, o polegar rolando o feed e parando, rolando o feed e parando, rolando o feed e parando, enquanto Junin responde orgulhoso a Dalva que ia beber o resto de coca e não ia sobrar nada pra levar. A baixinha, antes da conta e de a família se levantar até o balcão, volta com um prato feito onde reina no topo, por cima do arroz feijão farofa e batata frita — fumegante — um bife que espraia seu perfume por todo o ambiente, por mais que começasse a ventar frio e ali fosse aberto.

Amanda volta no rastro do perfume estranhando aquela comida fresca e a queda brusca de temperatura, guardando o celular no bolso e perguntando se tinham pedido a conta e o que iriam fazer à noite e amanhã. Vamos pegar uma trilhazinha amanhã, mãe, de leve. A senhora vai gostar, até a dor some, é só esquentar o corpo, disso que você precisa. Partiu?

Né não, Junin? Sabia que se ganhasse a mãe e de tabela ainda faturasse o irmão ficaria difícil pro pai negar, e ela tinha certeza de que era ele que estragaria a possibilidade, era ele que queria ficar sentado de praia em praia, dessas mais acessíveis aonde todo mundo vai, porque as férias são dos preguiçosos e dos sedentários, não tem jeito, e pensar que quem dominou o mundo e reverteu o curso da história foram os atléticos, os fortes, os destemidos. Que hoje em dia também não valem nada. Nesse grupo inclusive Amanda acha que só tem idiota, não a atraem nem um pouco esses fortinhos de academia com a canela fina ou os metidos a mártir. Dalva um tanto impassível responde vamos ver, vamos ver e diz pra ela passar logo os vinte reais da conta, não vê a hora de voltar pro quarto, e essa fresta de possibilidade é o suficiente para Amanda se sentir vitoriosa, avançando uma casinha no jogo do convencimento, que ela sabia como seria difícil e já estava sendo. Inclusive, achava um absurdo ter que convencer alguém de quê pegar uma trilha no meio da mata — tudo bem sinalizado — respirar ar puro e curtir um silêncio pra ainda por cima chegar em uma praia vazia, se não deserta, no ruim, no ruim mesmo, com certeza absoluta menos cheia que a dos sedentários, era melhor do que ficar curtindo o feriado inteiro na praia alagada dos barulhentos com esse bando de barrigudo e esses moleques que se acham com essa música alta, puta que o pariu!

Quando chegaram no quartinho, a essa hora abafado do dia inteiro de sol — e nem dava pra deixar a janela aberta porque mal tinha janela, só um basculante assim bem lá no alto pra ventilar e sem acesso ao mecanismo que o fazia abrir e fechar —, a primeira coisa que todo mundo fez, depois de deixar as coisas jogadas por cima das camas e no chão, foi mexer no celular, porque na hora conectou no wi-fi e vibrou no bolso dos três e na mão de Junin, que já sabia que isso ia acontecer e pegou logo. E no caso de Dalva tinha apitado também, que de folga gostava de deixar o som ligado e curtir o barulhinho porque dava uma liberdade. Na loja pegava mal, não gostava, parecia que estava cuidando da própria vida, e quem trabalha não cuida dos próprios interesses, só dos interesses dos outros. Se o patrão ou algum puxa-saco com acesso a ele nota, a probabilidade da demissão se tornava um pouquinho mais palpável — apesar de estar latente desde que você começa a trabalhar, ou pelo menos a partir do momento em que a primeira pessoa que você conhece pelo nome é demitida. Mas Dalva pedia demissão, nunca foi mandada embora! E a maioria recebendo tudo o que tinha direito depois do acordo com o patrão e o cumprimento do aviso prévio, a não ser aquele que botou na Justiça porque ficou enrolando quase um ano pra assinar sua carteira — e depois mais três meses mentindo que tinha assinado e que o documento estava nos recursos humanos, tenha paciência. Já em casa, não aguentava aquele apito de mensagem chegando ou gente ligando, era uma aporrinhação, um estresse. Mas no feriado estava curtindo esse novo prazer: hello moto! hello moto!

A primeira a largar o telefone foi Amanda, que já tinha visto as mensagens de Gaio no banheiro do restaurante e num acesso de desapego ao aparelho o lançou em cima da cama e anunciou vou tomar banho. Jorge, geralmente o menos afeito a essas tecnologias, dessa vez foi capturado: a miniatura de envelope, minúscula no topo da tela 6,7 polegadas — um exagero que com o peso no bolso quase derrubava suas calças se o cinto não estivesse bem apertado —, anunciava a chegada de um e-mail. Algo que quase nunca acontecia, os dias se arrastavam sem ele nem se lembrar que existia e-mail e que andava com o correio eletrônico enfiado na calça jeans pra cima e pra baixo. E a mensagem do sindicato estava convocando uma mobilização da categoria pra mais uma vez protestar contra a concorrência desleal dos ubers. Jorge nem gostava de entrar muito no mérito dessa questão, não se aprofundava e tinha um mandamento fundamental e incontornável nesse caso: todo mundo tem o direito de trabalhar, fazer suas coisas pra poder ganhar o seu dinheiro e levar a vida. Então não podia esculachar os caras que estavam dirigindo e travando uma concorrência que no fundo também considerava desleal porque estava todo mundo trabalhando. Além disso, não concordava com a forma como o sindicato conduzia a questão, muito raivosa, uma iminência de quebra-quebra, a Presidente Vargas tensa engarrafada. Nunca tinha participado de nenhuma manifestação nesse sentido, mas também nunca disse oficialmente que discordava. Só não saía pra trabalhar, ficava em casa, aproveitava pra lavar o carro e considerava que assim estava apoiando os pares. Mas foi por causa disso que ele perdeu a primeira colocação de quem dá só uma conferida nas notificações e larga o celular para a filha, que já saía do banho e dizia como quem manda: banho e descansar uma horinha pra depois ver a noite, gente, o movimento no centro, a lua tá cheia, tá linda, o céu aqui deve ser deslumbrante, bora Junin? Pode crer.

Agora com suas havaianas pulando poças e às vezes enfiadas na lama enquanto rodam pelas seis ruas do centro — que já percorreram duas vezes — a família sorve fundo a maresia e se sente, unanimemente, de folga. Consegue inclusive reconhecer a mesma feição em um pessoal que mais cedo estava na praia com as crianças e agora enfrenta a mesma fila pra casquinha. Junin está vidrado no céu, não sabia que tinha tanta estrela e que acendiam com tanta intensidade, está passando a noite inteira fingindo aperto pra mijar só pra ir até a rua mais escura, debaixo de uma mangueira, e ficar lá dando uma olhada. Não com tanto tempo e tão à vontade quanto gostaria, porque logo gritavam bora logo pra apressá-lo, mas conseguiu escapar com essa artimanha muitas vezes, porque ninguém era capaz de negar uma mijada ou sacrificá-lo numa das filas gigantes pro banheiro.

Amanda, em determinado momento, depois de completar mais umas voltas e ninguém decidir se queria parar na pizzaria ou comer hambúrguer de picanha, se desvencilha com seu saquinho rosa e branco de pipoca salgada, diz que vai olhar uma vitrine de artesanatos e não dá nem chance de Dalva dizer também vou. Quer ficar sozinha um pouco, cada dia mais. Sente o cheiro do prensado vindo de um banco de praça na penumbra e imagina como seria ainda mais maravilhosa uma trilha naquele lugar se de repente conseguisse um pega. Começava a germinar a ideia de ir sozinha, afinal, já que ninguém se mostrava disposto a andar um pouco mais do que o já quase familiar caminho de sempre. Com um embrião de cada um desses pensamentos, tropeça, quase torce o tornozelo enquanto caminhava olhando um jogo de vôlei e levanta a cabeça já quase trombando na barraca do rasta. Dá um sorriso pra conter a vergonha do cavaco que catou e reconhece de imediato o privilegiado do almoço, que julga ser um cliente preferencial porque é local e querido por todos, não porque decidiu ensinar à proprietária do Cantinho da Ilha que seria muito melhor e mais organizado pros dois pagá-la por mês pra fazer suas comidas preferidas e assim não correr o risco de ficar sem almoço depois das dezesseis horas, que era a hora que a fome batia. Amanda pede desculpa sem motivo e ajeita o corpo pra ficar olhando as peças, pega algumas na mão, passa o indicador na boca, franze a sobrancelha, elege um brinco com uma pedra azul-clarinha em forma de gota d'água e até parece que compraria se tivesse dinheiro.

Puxa assunto, se estava cheio o lugar, o que ele como local estava achando do feriado, se tinha vendido muito, se era bom viver ali no meio daquela natureza deslumbrante apesar do desaparecimento cada vez mais acelerado do lugar, o que ele achava daquele pessoal indo pra praia com os pés enfiados em botas de borracha, e escuta de Enzo que sim, estava bastante cheio e o feriado animado, apesar de ele não ser dali. Além disso, tinha certeza de que aquele paraíso ainda demoraria muito pra sumir, o pessoal exagera, é cada fake news, procurava não pensar nisso e viver a vida. Inclusive se acha à vontade pra dizer que o mais comum era confundi-lo com gringo e não com local, o que era uma merda, não gostava nem um pouco e era toda hora, ainda mais com a invasão de biólogos internacionais interessados na perda progressiva da massa de terra, no aumento do nível do mar e na erosão provocada pelas ondas, além dos argentinos refugiados aproveitando as ofertas de quitinetes mais baratas nas áreas mais afetadas pelas alterações climáticas. E era tão fácil confundir sua pele clara e o cabelo castanho-claro que chegava a dar raiva. Branco é tudo igual. Já a natureza é maravilhosa, tudo o que ele mais ama no mundo é o contato direto com ela, se sentir parte, em comunhão com aquela que é a mãe de todos nós.

Amanda até que tinha os oito reais pra pulseirinha do reggae, pensa em comprar pro Junin — todo mundo deveria ter uma dessa ao menos uma vez na vida —, mas antes lembra do short florido novinho no fundo da gaveta dele e decide que primeiro vai perguntar pro irmão se ele quer o presente, não estava podendo jogar dinheiro fora assim. Então, pra não ir embora, pergunta qual a trilha mais levinha que tinha ali, que fosse tranquila e bem sinalizada, porque ela está com os pais e o irmão mais novo, todo mundo sedentário e o Junin acima do peso, uma criança ainda, se continuarem deixando ele comer tudo o que quer assim desse jeito daqui a pouco tá uma bola, ela não, estava decidindo se viraria vegana ou vegetariana. Enzo assente com um sorriso e não diz nada. Ela sim queria fazer uma trilha mais pesada, quem sabe até pernoitar e acampar cheia de medo do barulho dos bugios antes de o sol nascer, mas teria que ser sozinha, como já estava quase decidindo. Enzo assim de cabeça não lembra de nenhuma infelizmente, mas não lembrar é força de expressão, porque não conhece mesmo. Sente decepcionar Amanda, e emenda no ah valeu dela que vai perguntar pra um amigo — esse sim local legítimo gente finíssima outro dia consertou a fechadura da sua porta, se não conseguisse ia ter que atravessar o mar pra comprar outra — qual é mesmo o nome daquela praia que fica numa trilha a não mais que meia hora saindo do centro só que meio secreta porque começava dividindo o caminho com uma outra trilha pra uma praia mais famosa que também não é muito longe, até que a certa altura desviava, achava que o ponto de referência seria uma jaqueira à esquerda mas era melhor confirmar e contar a ela quando se cruzassem amanhã, além disso tem dia específico pra ir porque em alguns ela nem aparece virou um tesouro pois é.

Voltando apressada, Amanda encontra a família acomodada na pizzaria, mas deu sorte ou fugiu né, porque tivemos até que esperar na fila por essa mesa. A Amanda pensa que é malandra ela. Nossa gente que estresse eu aqui doida pra contar uma novidade maravilhosa e vocês me recebem assim? Dá nem vontade de contar mais nada, vocês são brochantes, mas mesmo assim ela conta que acabou de conhecer o rasta da praia e do restaurante — seu nome é Enzo —, que ele não é daqui mas agora vive aqui, é um mochileiro cujo ponto de partida da volta ao mundo vivendo da própria arte é justamente essa ilha a menos de duas horas de distância da cidade, ele conhece um caiçara local e vai pegar uma dica de trilha suave, perto e bem sinalizada, mas ao mesmo tempo secreta, quase ninguém conhecia e portanto levaria a uma praia mais vazia que a de hoje. E ainda é um tesouro, um achado, porque diz que tem dia que ela nem aparece. Junin anima, demorou! A seguir a pizza é servida e as bocas cheias não tocam mais no assunto.

Depois de uma noite maldormida de barriga cheia demais e travesseiro baixo, Dalva se levanta e passa três minutos cronometrados se alongando ao lado da cama, reparando na luz diferente, boa pra um singônio. Desce até a ponta dos pés, faz círculos com o quadril em sentido horário, depois no anti-horário e segura o topo da cabeça pra esquerda e depois pra direita — o pescoço estala. Em seguida vai ao banheiro, joga uma água gelada no rosto e forma as rugas que mais detesta ao sorrir pro espelho. Não se arrepende. Jorge acorda com o cheiro do café e um pouco de azia. Amanda apertada pra ir ao banheiro e encolhida de frio por causa do vento que, agora sim, sopra forte pela greta do basculante. Tem impressão de que o mar está batendo com as ondas na parede da casa. Junin só acorda porque é chamado pra comer o pão com manteiga e mortadela e tomar o nescau que o pai tinha ido comprar no mercadinho que, por causa do feriado e da quantidade de visitantes, estava aberto. Ultimamente, restavam poucos. Depois que as notícias da perda gradual de diâmetro da ilha começaram a ganhar maior publicidade, ainda mais após a submersão total do caldeirão do diabo, as condições materiais de vida se degradaram muito. Quase ninguém tinha coragem de empreender ali. Só mesmo os de ocasião ou fim de semana. Nos outros dias, aquilo virava um deserto.

Amanda, as pernas cruzadas no assento da cadeira de plástico, assopra o café e comenta que hoje curtiriam mais pois chegariam cedo na praia, vamos numa diferente? Jorge já estava acomodando o gelo no cooler e depois o engradado de latinhas. Tá bom, Dalva? Acho que tá sim. Vou colocar mais seis pra garantir — tenta abrir na força mas o plástico resistente do segundo engradado só é vencido pelo canivete suíço do Junin. E pra qual praia a gente vai hoje, vamos numa diferente? Vamos na mesma, às vezes mais cedo tá mais vazia. Aproveitar que é perto. Não dá pra fazer trilha com esse cooler. Amanda levanta e se mete no banheiro. Depois de fazer todo mundo esperar mais de meia hora, prefere não discutir. Afinal de contas, ainda não tem uma alternativa concreta. E também porque vai encontrar com Enzo e uma coisa leva a outra.

Basta dar dez e meia pra ela se arrepender. Nem sinal do rasta, mas em compensação o lugar nobre que tinham garantido, perto do mar mas não o bastante pras ondas molharem as cangas, já estava cercado. E às onze a Marília Mendonça começou a bombar numa caixa de som portátil das mais caras e potentes as agruras de ser corno. Os pais se incomodam um pouco com a lotação insurgente, diminuem o perímetro que ocupam, mas isso ainda é insuficiente pra estragar o dia. A satisfação de quem tem a chance de estalar suas latinhas antes do meio-dia se sobrepõe. Amanda se inquieta diante da prostração, arma um bico, levanta os óculos escuros e busca nos olhos de Junin alguma cumplicidade fraterna, não é possível, que saco.

Tá olhando o quê? Pode te olhar mais não, moleque? Bora na água? Hoje não tô muito a fim não. O que houve? Ah, tava mais numa de pegar uma trilha, fazer uma caminhada, será que a gente vai passar o feriado todo nessa praia lotada? Era melhor ter ficado em casa. E o cara que tu fez amizade ontem, não ia dar uma dica de praia vazia aqui perto? Disse que ia mas até agora nada. Ele trabalha aqui, né? Trabalha, vende artesanato. Aliás, pensei em comprar um pra tu, quer? Aquela pulseirinha do reggae. Eu não, feiona, Junin responde e aponta de novo suas lentes ice thug pro oceano Atlântico, imaginando que lá do outro lado é a África, pegando o celular pra descobrir qual era o país exatamente de frente pra ilha, na esperança de ao menos um tracinho de sinal preencher alguns minutos de tédio.

Amanda dá as costas pra família que aparentemente curte aquele marasmo barulhento, aquela feira de gente que ela estava cansada de ver circulando pelas mesmas calçadas onde costuma gastar a sola da sandália de couro, inclusive não é ali a professora que tinha dado oficina de leitura e produção de textos no primeiro semestre, ela mesma, com aquele cabelo esquisito pegando sol de snorkel porque dizem que de uma hora pra outra todos podem submergir. O cinema é testemunha. Saca o celular e fica relendo as mensagens do Gaio, calculando o tempo entre a chegada delas. Sente uma pontada de esperança ao notar que ao longo dos dias elas chegam gradualmente — pouco mas é um começo — mais espaçadas. Já o tamanho dos textos varia sem padrão e o teor também. De numerosas linhas autocomiserativas a xingamentos misóginos de quatro letras muitas vezes repetidos, de pedidos raivosos de explicações a eu te amos, de figurinhas de gatinho aos campeões vamos conversar. Mas nunca o silêncio, umas três horas sem mensagens. Nem um seja feliz na sua vida, mesmo que depois se arrependesse e repetisse o que houve eu só quero entender o que houve. Enjoada da ladainha do Gaio e do sol na bunda, Amanda gira o corpo de novo e se surpreende com os dreads loiros cada vez mais perto a cada negativa que recebe pros anéis de prata, pros brincos de capim dourado, pros colares de miçanga.

Quando percebeu que a rotina já era parte indissociável do feriado, Amanda decidiu pegar uma trilha sozinha. Dividiu a resolução já calçando o tênis no sábado, sem se preocupar muito com qualquer explicação, como quem comunica algo bem natural e que no fundo os mais íntimos estavam cansados de saber que aconteceria. E dificilmente quem calça o tênis pra sair acaba não indo.

Sozinha ela acabou não conseguindo. Jorge estava tão empenhado na missão de manter a família unida que a filha achou graça de se sentir parte do elenco de uma comédia da sessão da tarde que decide os rumos da sua vida, como se o exagero soasse sempre engraçado. Mas ficou um pouco feliz de pôr o pessoal pra se mexer, e naquele dia, já meio tarde pra começar a andar no mato, pois a mudança de planos demandou certos ajustes práticos, partiram pela orientação que Enzo tinha dado no dia anterior.

Ele disse que era por aqui! Mas por aí a gente já passou. Por essa árvore aqui não passamos, era parecida mas não era essa. Era sim, com essa cruz aí enfiada no canto da pedra e o nome de alguém. Junin tinha razão, na curva anterior tinham contornado pra direita também, mas ao lado do angico com a casa de marimbondo em outro ponto da trilha. Amanda não admitia o erro e insistia no discurso de que já estavam chegando há mais de três horas, enquanto, segundo as orientações de Enzo, a caminhada deveria durar no máximo uma, isso se tua família andar devagar. Tinham subido e descido muitas vezes, se abaixado, contornado, pulado pro outro lado e seguido em frente. E nada. Junin jurou ter visto uma cobra que ninguém tinha visto, e quando depois de uns quinze minutos já era capaz de admitir que talvez fosse um pedaço de cipó pendurado, Dalva soltou em voz alta um pensamento que já estava incomodando: deviam voltar, estava cansada de andar sem chegar a lugar nenhum, doíam o ciático, o joelho e o esporão, parecia até um dia puxado perto do Natal na ótica + ônibus lotado + engarrafamento, estava moída. Fora que obviamente aquele maconheiro não conhece o caminho, só quer te comer. Vamos voltar pra praia de sempre mesmo, gente! Não tava bom lá? Só que esse comando, sempre prontamente atendido pelo restante da família, hoje não foi. Amanda, Jorge e Junin tinham cada um os próprios motivos para seguirem avançando, metendo a cara em teias de aranha e molhando as meias.

Não seria um contratempo que faria Amanda desistir da conquista, um erro bobo de cálculo ou uma desatenção. É difícil mesmo o caminho, gente, confunde, aquela bifurcação se bobear era trifurcação. Logo nos primeiros passos a trilha deu pinta de sucesso, sombra, cheiro de mato, barulho de folhas pisadas e vento, uma facilidade de ascensão ao paraíso que chegou a trazer junto uma sensação de estranhamento, será que é mole assim, por que não fizemos isso antes? Passos compartilhados com um grupo de quase vinte idosos, obesos e sedentários. Só pode ser por aqui! Até o ponto impreciso em que se reduziram a quatro, será que essa galera toda se perdeu ou fomos nós, que perigo, mas na hora só Junin que tinha reparado, mesmo puxando a fila notou a súbita cessação do papo e de repente dava até pra ouvir os bugios. Que, inclusive, pareciam cada vez mais perto. Por isso não avisou nada, queria mais era dar de cara com um macacão daqueles. Quem sabe uma família logo completa, o paizão gritando alto pros humanos deixarem em paz sua companheira e os filhos. Já estava até empolgado com a possibilidade, vez ou outra tirava o filtro da frente dos olhos pra conferir melhor a realidade.

Amanda ia atrás ponderando que pelo menos tinha conseguido tirar aqueles preguiçosos da rotina. Fazer eles verem que a vida é mais que trabalho, daqui a pouco a gente acha o caminho e pronto, o importante é que todo mundo tem o direito de se divertir e desfrutar da natureza, da mata Atlântica que é nossa, é do povo, que agora só tem direito a trinta por cento da área original de 1,3 milhão de quilômetros quadrados por causa dos brancos colonizadores genocidas assassinos exploradores filhos da puta. Era a isso que se agarrava, porque se fosse falar a verdade aquela demora nem de longe estava nos planos. Quando Enzo deu essa opção de passeio em família ressaltou que ela inclusive faria rapidinho e sobraria tempo pra subirem até o pico do Papagaio na mesma madrugada se ela tivesse disposição — e olha que ela tem. Só que o sujeito nunca fez aquele caminho nem conhecia caiçara nenhum. Queria sim, e nisso Dalva tinha razão, estrear o sexo casual com turista na sua cama nova de pallet. Além do mais, consultou o tripadvisor na noite anterior e vários mochileiros cinco estrelas e quatro e meia, experientes, atestavam a dificuldade nível fácil/iniciante da trilha, levinha, para a família, até meio sem graça. Não tinha erro.

E pensar que só foram parar nessa depois de Amanda ter finalmente se decidido a ir sozinha e combinado com o rasta que primeiro pegariam uma trilha de média dificuldade até uma cachoeira pra ela sentir o ritmo e no dia seguinte subiriam até o pico em formato de bico de papagaio de madrugada, sair umas duas pra ver o nascer do sol lá de cima, é irado demais. Antes tivesse ido.

A conversa fluiu quase a tarde inteira na areia depois que ele chegou e aí tudo joia família, oi Amanda. Riram tanto juntos quando a bateria da jbl do pessoal do futevôlei com vodca e energético acabou no meio do DVD ao vivo do Revelação que ele largou o serviço de lado pra flertar, pincelando forte os arrojos da sua trajetória de vida, de conforto sim mas muita perseverança pra ocupar o próprio espaço, não é fácil ter um sobrenome pra carregar, as expectativas da família, os lugares que era obrigado a ocupar sem poder de escolha, foi praticamente coagido a estudar direito, a entrar na melhor faculdade e a mais cara, depois a assumir um cargo na firma recém-inaugurada de um primo como preâmbulo e treinamento para a entrada como sócio no escritório do pai: e ainda por cima decidir jogar tudo pro alto e viver o sonho. Ficou achando que a jornada em busca do coração selvagem os unia no fundo da alma. Coisa do destino que merecia um brinde: não sai daí que eu vou buscar um negócio promete não sai daí já volto não se mova estátua!!! hahaha que conexão. Jogou um beijo e voltou com uma garrafa de mineira que dividiram num copo descartável, os ombros colados debaixo do sol quente e sob os olhares da família.

Quando ele falou que era advogado Amanda nem acreditou — como assim você vende artesanato na praia, conhece essas trilhas, como assim você é advogado, herdeiro de um escritório e tem esses dreads, não acredito! Mas podia acreditar, era que ele estava disposto a abrir mão das coisas materiais, admirava a trajetória do Buda e dava razão ao Voltaire, o selvagem devia mesmo ser um homem bom, melhor que nós, mas foram inventar a propriedade privada... Por isso estava oferecendo agora mesmo o apartamento de frente pro aterro com maior vistão do Pão de Açúcar quando estivesse vazio para ela fazer o que quisesse, pegar emprestado e passar uns dias, terminar de escrever a monografia por exemplo, ou quem sabe aproveitar e já entrar no projeto de mestrado, que tal? Uns poucos dias não o fariam perder muito dinheiro. Tinha descoberto que, melhor do que assinar um contrato de aluguel formal, rendia mais botar no airbnb, e quase não dava dor de cabeça pois tinha fechado com uma startup que se encarregava de tudo, especializada nesse tipo de terceirização, em que anfitriões gentis interessados em acomodar hóspedes viajantes do mundo inteiro nos seus sofás entregavam a tarefa para a empresa de jovens promissores como o seu primo responder às dúvidas, receber as reservas, reter dez por cento, fazer a transferência do restante para o proprietário e entregar as chaves, que nem se davam ao trabalho de deixar em mãos: botavam num cadeado pendurado no galho de uma das árvores do aterro, facinho de achar com o gps ativado. Foi justo nessa hora que Amanda decidiu que se ninguém quisesse ir ela iria sozinha ou, melhor ainda, com o novo amigo, fazer as trilhas. Mas quando, no quartinho, todo mundo só querendo descansar um pouco de tanta praia e atividade das pernas pelo segundo dia consecutivo, ela disse podem ir à praia que vocês quiserem amanhã, vou parar de aborrecer e vou com o Enzo pegar uma trilha, a decisão não foi muito bem recebida.

De jeito nenhum! Ninguém veio aqui viajar sozinho, a gente quis passar o feriadão em família, que negócio é esse de abandonar a gente pra subir montanha de madrugada com esse maluco que você nem sabe direito quem é. Que calma o que rapaz, é por isso que esse país não vai pra frente, ninguém mais é capaz de honrar com a palavra, na primeira chance vira as costas e deixa os outros pra trás. Nem de folga na praia a gente consegue manter um combinado! É assim que você diz pensar nos outros? Egoísta! Imagina se as pessoas vão confiar umas nas outras se na primeira chance alguém acaba roendo a corda. Isso aqui tá parecendo o sindicato! Que exagero, pai, não precisa desse escândalo. Só fiquei a fim de sair com o Enzo, vocês não tão querendo andar, só querem continuar nessas mesmas praias lotadas. A gente tá em um momento parecido na vida, fora que ele conhece isso aqui muito melhor do que nós. Mas sozinha você não vai! Vamos todo mundo junto, então, na dica do brancão, fazer aquela trilha levinha lá que você falou.

Amanda acabou aceitando mesmo ofendida só por causa do gosto de dever cumprido. Teve até algum lampejo de brilho no olhar, afinal de contas venceu o jogo da persuasão. Ficou orgulhosa de ter crescido e conseguido uma façanha naquele organismo social com que era obrigada a conviver desde que nasceu e sobre o qual estava longe de exercer qualquer liderança. Contudo, depois de dizer tá bom então mas bora logo, não pôde deixar de salientar que o pai não mandava na vida dela, que se quisesse subia sim até o pico pronto e acabou. Mas tudo bem. Jorge sabia que a verdade era essa, se ela cismasse iria e melhor não proibir, foi um rompante. Só que por seu lado também gozava uma vitória, a de ter desmobilizado a filha dessa ideia maluca e mantido todo mundo junto, curtindo em família. E se agora, mesmo com a quase certeza de que estavam dando voltas pelo mato já sem nem saber que horas eram não encampava a ideia de Dalva — e vamos voltar, chega! — era por causa do orgulho taxista. Não admitia ser capaz de conhecer cada canto da quarta maior metrópole da América Latina, saber os atalhos e os desvios da cidade desespero e não conseguir se guiar por uma trilha, um caminho repisado e careca por onde tanta gente passa a cada fim de semana e feriado e os locais todos os dias, mas que de uma hora pra outra sumiu, ou talvez tenha sido por causa daquela hora na jaqueira, será que o branquelo quis dizer mangueira?

* * *

Tem certeza? Porque parece que por aí a trilha acaba e não vai dar em nada. Confia, deve ser por isso que a praia apesar de perto é mais vazia, o pessoal olha e pensa a mesma coisa que você. Verdade, acho que tô até ouvindo o barulho do mar. Mas mãe, a gente tá numa ilha — dã! Olha o respeito, Junin! Vamos, vamos logo, qualquer coisa a gente volta. Boa mãe, isso aí, partiu. Começaram a descer o que parecia uma ribanceira, Amanda ponteando o grupo com palavras de estímulo e impaciência já sonhava com a areia branca e quem sabe até um mar calmo pra repetir a experiência flutuante, ao passo que o irmão achava que ia dar merda, que de súbito iam começar a rolar montanha abaixo ou despencar de uma falésia mas se mantinha quieto, estava curtindo o caminho e pouco se importando com a chegada. Achava praia tudo igual.

E pensar que o passeio tinha começado bem. Todo mundo aparentemente animado. Feliz por estar tendo condições de bancar um feriado longe de casa e até a ousadia de abandonar um pouco o fluxo turístico mais denso. Por mais que o hábito de estabelecer costumes seja natural ao ser humano e muito apreciado por aquela família, logo que decidiram que sim, hoje pegariam uma trilha, encamparam certo espírito aventureiro. Jorge, meio contrariado, sacou o par de tênis que tinha planejado deixar de lado até a hora de voltar, mas como não era pra dirigir nem enfrentar fila olhou diferente pro seu mizuno. Tá na hora de comprar outro, Jorge, esse aí já deu o que tinha que dar, pelo amor de deus. Comprei outro dia, Dalva. Eu que te dei esse tênis de presente de dia dos pais, já deve fazer uns três anos ou mais isso já. Deixa eu ver essa sola, pai. Nossa, lisinha, ainda bem que a trilha é fácil. O pneu do táxi ele não deixa ficar assim, trata melhor aquele carro do que ele mesmo. Pega o tênis da mamãe ali filho, por favor. Dalva não era das mais difíceis de convencer, gostava de novidade, apesar de ter sido praticamente impossível gozar esse prazer até essa altura da vida. E aí, vamos?

Olha só como tá cheia, Junin apontou ao passarem pela praia dos dias anteriores, parecia até mais lotada. Ou podia estar menor. Só que pra quem tá acostumada com o metrô sete horas da manhã tá até vazia. Ah se todo vagão fosse desse tamanho! Lembra mês passado quando fomos no dentista, filho? Junin lembrava, mas pra ele era impossível comparar a lotação de uma praia com a de um vagão a caminho de uma limpeza de tártaro. Não tinha nem lugar pra apoiar o pé de volta no chão se tirasse! Gente, vamos deixar um pouco pra trás essa mentalidade de trabalhador e vamos aproveitar nosso passeio e depois a praia, Amanda disse apontando pra casa azul com varanda de telha de barro de onde Enzo disse que a trilha partiria, lá no início do caminho. Até que enfim, ninguém estava mais aguentando subir aquela ladeira que começou calçada de paralelepípedos e acabou do nada numa cerca de arame farpado, logo depois da tal casa que sim, escondia do seu lado esquerdo, ao lado do tanque de concreto, uma tora de madeira com uma seta talhada que era o ponto de referência.

Se for o caminho todo subida assim vai ser difícil — reclamou o esporão de Dalva, que só não derrapava ladeira abaixo porque as mãos também estavam no chão ajudando, agarrando nas raízes das árvores. A gente devia ter trazido umas latinhas nessa mochila da Amanda, isso sim. De bico seco é mais difícil, dá logo vontade de parar e voltar pra tomar uma. E depois nessa praia se for deserta assim igual você tá falando não vai ter nem um camelô, né? Pior que o Enzo disse que não tem mesmo. É uma pegada mais selvagem e tem dia que a praia até desaparece. Junin pontua, didático, que cerveja desidrata o organismo porque o álcool suga a água do corpo, o melhor nesses casos é se hidratar e usar roupas leves. É, mas não foi nas aulas de educação física que tu aprendeu isso, que o Roni já me disse que tu passa o horário inteiro escondido no banheiro, enfiado na sala de leitura, mexendo no celular debaixo da arquibancada. Tá achando que engana quem? Junin resmunga e aperta o passo amparado em seu surpreendente — até pra ele mesmo — preparo físico, que ia garantindo uma performance de destaque na caminhada. Não tinha nem uma vez sequer pedido pra parar, descansar, beber água ou comer uns maisenas, só diminuía o ritmo dos passos para prestar atenção em algo, geralmente um movimento no mato ou canto de passarinho.

O tempo voou, se algum deles tentasse adivinhar há quanto estavam caminhando erraria. Só sabiam que era muito mais do que deveriam. Além disso, quem a família achava que seria o primeiro a desistir caminhava cada vez mais rápido, as aulas de educação física não estavam fazendo a menor falta pro Junin. Além de se mostrar resiliente diante da flagrante ausência de rumo da família, mantinha a dianteira da expedição puxando o ar pelo nariz e soltando pela boca. Pleno enquanto ia descobrindo uma nova paixão. Era mesmo de se admirar sua facilidade de movimentação, a noção de espaço, equilíbrio e percepção da posição do próprio corpo, a destreza dos seus passos, como os pés sempre achavam um atalho para se molhar menos nas inúmeras poças do caminho, alarmando um aquecimento global que talvez elevasse a maré àquela altura, não é possível que essa água seja salgada, enquanto seus pais sempre apareciam em certos pontos da trilha — que talvez fossem os mesmos — com água batendo no tornozelo, na canela, no joelho, na coxa. Impressionante! Junin gostou tanto que decidiu ali mesmo que praticaria esse tipo de exercício muitas vezes ainda ao longo da vida. Mas não contou pra irmã, não queria que ela ficasse se achando. Está curtindo não chegar nunca, fica quieto a cada vez que percebe novamente a passagem pelo lugar que tinha marcado amarrando o pacote de traquinas — que ele inclusive mal tinha comido. Se destacava tanto frente ao inconteste desânimo da família que por direito paulatinamente passou a comandar os rumos da expedição: por aqui ali cuidado aqui buraco aranha casa de abelha pisa aqui por ali já fomos esquerda direita é melhor voltar, na última vez que a gente passou por aqui não tinha nem molhado o pé e agora já nem dá pra atravessar?

Tranquilo daqui a pouco a gente chega. Tu acha mesmo? Eu acho que de tanto andar uma hora a gente chega a algum lugar, não é possível. Tirou de onde essa certeza, Amanda? Não é pra isso que a gente anda, no fim das contas? Tem gente cansada de andar e não chegar a lugar nenhum, sabia? É logicamente impossível não chegar a lugar nenhum, pai. Tá, então ficar dando volta e no fim das contas sair sempre no mesmo lugar é chegar a algum lugar agora. Até que não é má ideia dar voltas, sabia? Melhor que ficar parado. Igual na fórmula 1, os caras ganham uma grana. Quem ganha dinheiro é quem chega em primeiro, Junin: o campeão. Os outros são só pra aparecer na televisão. Que nada, ganham sim. Gente, então vamos aproveitar o caminho e pronto, agradecer a deus a capacidade de andar. Tanta miséria nesse mundo. Daqui a pouco a gente chega. Isso, mãe. Pelo menos nos permitimos fazer o coração bater mais forte. Mas uma hora cansa, ninguém aqui é máquina. Na nossa família todo mundo sofre do coração e morre de ataque cardíaco inclusive. Tem que emagrecer, Junin. Mas são a maior causa de morte do mundo, mãe. É supercomum. Eu quero morrer de infarto, deve ser rápido. Melhor que ficar sofrendo.

Esse caminho parece um labirinto, como a gente vai sair dessa merda? Se for um labirinto tá bom, pelo menos tem um caminho certo, uma hora a gente acaba achando. Tá é demorando demais, já não tô aguentando. Isso se chegar mesmo, se a gente não morrer afogado aqui antes por essa maré doida. Tô cansada e já vi essa árvore. Sua mãe quer descansar, vamos parar um pouco, também tô morto. Me dá um gole dessa água aí, Junin. Acabou? Dão as mãos já em meio à escuridão que baixou instantaneamente e começam a escalar uma pedra imensa. Se ajudam e apesar da areia que se solta da rocha e não permite firmeza aos gestos sobem e repousam em silêncio, sem saber que séculos atrás ali era uma gruta famosa, abrigo de escravizados e indígenas, palco de festas, choros e banquetes antropofágicos. Se contentam com a chance de descansar sem molhar os pés enquanto o tempo segue implacável. Desmaiam de cansaço.

E aí, vamos? Pra onde? Pra praia ué, chega de dormir. Daqui a pouco dá dez horas. Levantam maquinalmente, limpam as roupas, recolhem o sono, se encaminham apressados. Junin puxa o grupo com passos ágeis, seguros, e por meio de uma linha reta dão numa praia lotada, uma faixa de areia que progressivamente e a olho nu vai se tornando cada vez mais estreita. Inacreditável, alguém chia enquanto aponta o celular pro horizonte. Mas ninguém arreda o pé, o feriado tem que ser curtido até o último segundo. Deixam pra se preocupar com isso depois. É quase um lema. A família acha um espaço e estende a canga que instantaneamente fica toda molhada. Os quatro respiram fundo, num movimento de ombros quase sincronizado expelem o ar, tiram os tênis. Enzo os enxerga de longe, desvia o olhar para a cliente que prova um anel e não compra. Amanda e o irmão partem direto pro mar. Jorge senta na restinga, chama um camelô e compra um latão. Mais caro que ontem? Dalva fica achando que já estiveram ali, aluga uma cadeira e se espreguiça pra aproveitar o último dia antes que acabe.

Viva os pombinhos

As praças são inóspitas, não vejo nelas nada de agregador nem bucólico. Não gosto do vaivém das pessoas, nem do seu oposto, os velhos estagnados, percebendo o tempo passar pelo vento que balança as folhas das árvores, enferrujando os ossos. Odeio as partidas de dama, dominó, xadrez, porrinha. Me faz mal o vento sujo que corta as praças localizadas nos centros urbanos e os carros que as circundam, estejam estacionados ou rodando. Odeio estátuas, coretos, chafarizes, banquinhos, rodas de samba e perda de tempo. Fujo de aglomerações de qualquer tipo. Não me fazem bem sorrisos, encontros, abraços e perguntas sobre a vida. E isso é o que mais a gente vê nas praças. Casais de namorados e amigos as usando como ponto de encontro e os aposentados como espaço de lazer. Jovens suspeitos se aglomerando, bebendo, escutando músicas da moda nas suas caixas de som portáteis. Tudo alto demais. Algumas mais abandonadas servem até de boca de fumo e ponto de prostituição ou consumo de drogas. Até aí não me meto. Mas o que eu não suporto mesmo são os pombos.

Nunca vi uma praça sem eles. E tudo neles é repugnante: as cores frias, o peito estufado, o grunhido. Fora as dezenas de doenças que são capazes de transmitir num só bater de asas. Porém só se perpetuam pelas cidades porque há quem os alimente. E na maioria das vezes são as velhas. Carentes, beatas, algumas já chegam com a refeição num saco plástico, vindas de casa só pra isso, nessa intenção: fazer crescer e se perpetuar pelas cidades a praga urbana dos ratos com asa. E tome milho, pipoca, amendoim, farelo de pão e resto de comida. É só uma dessas chegar que eles já vão se aglomerando. Será que elas não sabem que estão contribuindo pra multiplicação desses vetores de doenças tratados como praga em várias partes do mundo? Parecem criança. E, aliás, gostam de passar esse hábito pras crianças. Perdi a conta de quantas vezes já as vi chegarem acompanhadas dos netinhos e introduzi-los ao hábito de alimentar os bichinhos, tadinhos, vivem aqui abandonados. Bem que dizem que depois de certa idade começamos a regredir e ficamos abobalhados. Mas não vou deixar isso assim, e já vou aqui comigo bolando um plano pra acabar com essa graça logo logo.

Não é de hoje não que sou um cara consciente, nunca dei bobeira por aí. Pra não ser tachado de otário pelas esquinas a gente não pode dar mole. Nunca fui de distribuir sorriso em vão, de apertar a mão de qualquer um. Nunca fiz parte de nenhuma galera grupo bonde, sempre andei sozinho, sempre fui independente e cuidei de mim mesmo. E sempre me virei. Tive amigos passageiros e não quis me casar, nunca gostei de compromissos nem de ninguém grudado em mim. Eu de mim mesmo nunca esperei nada, e sempre me dei bem comigo. Tive poucas crises ao longo da vida, nenhuma reviravolta, os dias simplesmente se encadearam. Me mantive coerente. Toda mulher que colava comigo era logo avisada de que eu não queria compromisso, só curtir o momento até que as coisas boas fossem superadas pelas ruins. E isso nunca foi um empecilho, nunca tive dificuldade com as mulheres. Eu era boa-pinta e minha profissão ajudava: ator de cinema. Participei da fase áurea das pornochanchadas. Naquele tempo preto não protagonizava filme, mas eu estava sempre ali participando de uma ceninha, fazendo uma figuração, dando falas breves. Me bastava. A grana que vinha era suficiente pra me manter, nunca gostei de luxo ou ostentação. Meu pai, militar da reserva, quando faleceu me deixou de herança essa quitinete onde vivo até hoje com a minha aposentadoria. E é isso. Só que o destino, de quem eu nunca esperei nada, me deu uma rasteira.

Do sujeito sério e coerente que venho sendo desde que me dou por gente já disse, sucesso com a mulherada e ator de cinema. Sempre me orgulhei da minha virilidade. E não é que de um tempo pra cá, depois de já ter adentrado na tão famosa terceira idade, dei pra deixar as mulheres na mão? Porque isso nunca me faltou mesmo depois de velho. O famoso charme dos coroas elas dizem que eu tenho de sobra, e o corpo tá em forma, não me descuidei. Mas, como costumam dizer por aí, não dou mais no couro. Não gosto nem de me lembrar da primeira vez que aconteceu, melhor deixar quieto. O fato é que desde então eu não venho conseguindo. Prum homem de verdade isso é o fim do mundo. E o pior de tudo é que eu não me dou bem com o azulzinho. Tomo isso, fico de pau duro vinte e quatro horas e afeta minha pressão. Apesar disso, vou seguindo. Passo dias inteiros sem trocar palavra com ninguém e não sinto a mínima falta, fico aqui tranquilo da sacada e observo mudo o movimento da praça lá embaixo.

Não faz muito tempo esses malditos pombos acharam de fazer ninho justo no parapeito da minha janela. Um inferno. Tive que contratar uma companhia de extermínio de pragas pra conseguir me livrar. A solução foi passar um gel no cimento que dá irritação nas patinhas deles e os faz desistir de pousar. Ah, como eu gostei de saber que aqueles bichos iam sofrer, ficar traumatizados e nunca mais querer se aproximar da minha casa. Aquele grunhido infernal tava afetando a minha cabeça. E eles nunca andam sozinhos, são sempre um casal de filhos da puta monogâmicos que não se largam pela vida inteira e só sabem fuder, procriar e perpetuar a espécie. Esses desgraçados ainda vão destruir a cidade com suas cagadas corrosivas. Graças a deus agora só os vejo de longe, e se tenho de ir à farmácia ou ao mercadinho dou a volta pelo quarteirão. Se me arrisco pela praça eles parecem adivinhar, fazem questão de não voar — por mais que eu ralhe e chie — até que eu chegue bem próximo, só pra poderem bater aquelas asas nojentas na minha cara e espalhar todas as doenças do mundo.

A única companhia que tenho aceitado ultimamente é a da Lúcia. Eu a conheci no mercado trabalhando como caixa. Quando fui pagar minhas coisas, quase me comeu com os olhos e disse esse desodorante que o senhor tá levando é maravilhoso, com certeza que o senhor é muito cheiroso. Aí eu mandei ela tirar o senhor, porque senhor tá no céu e meu nome é Osmar, encantado. A partir de então quando eu ia ao estabelecimento a gente conversava alguma besteira, e eu sempre percebendo suas segundas intenções. Só que depois da minha disfunção erétil me tornei um cara inseguro e não tinha coragem de convidar pra sair, beber uma coisinha. Fui adiando aquilo, levando no flerte e na troca de gracinhas, até que um dia cheguei no mercadinho e, mesmo não sendo seu dia de folga, ela não estava. Perguntei pra Amanda, a colega com quem vivia conversando, se sabia dela, se tinha faltado, estava doente, pediu demissão semana passada, sei dela não. Débito ou crédito?

Voltei pra casa bicando amêndoas, olhos nos buracos das calçadas, e passei quase uma semana sem botar o pé pra fora relembrando as oportunidades que deixei de aproveitar, aquele sorriso sapeca e a mão que roçava na minha quando aproximava algum produto pra facilitar sua vida na leitura dos códigos de barra.

Mas aí depois de um tempo, respirando a maresia da madrugada pelo calçadão como de costume, sacando o movimento estranho de uns caras enchendo a carroceria de um caminhão com pás de areia, vi de costas alguém que me pareceu familiar. Aquele loiro de farmácia em contraste com a pele, descendo até a cintura, ajudou a dirimir minhas dúvidas, apesar de eu nunca a ter visto de pé. Ficou envergonhada quando a cumprimentei, tô esperando uma amiga que já tá pra chegar. Eu disse que tinha ficado decepcionado de não a encontrar mais no mercado e que era a maior sorte a gente se esbarrar assim no meio da madrugada. Perguntei se ela sabia o que estava rolando ali na areia, se costumava parar por ali àquela hora. Lembrei da obra pra contenção do avanço do mar graças ao episódio do início do ano, quando as ondas varreram o salão nobre do Copacabana Palace e arruinaram o Baile do Copa, o pessoal saindo com as plumas murchas e o Carnaval falido, aquele bando de ricaço cafona. Ela riu do absurdo, não estava sabendo de nada daquilo e ficou muda me olhando, talvez tenha percebido que eu só estava ali pra puxar algum papo até juntar a coragem necessária e pedir o número do telefone. Estendi rápido meu celular pras suas mãos, antes que ela pudesse articular uma recusa, e assisti com prazer suas longas unhas vermelhas artificiais digitarem um número, torcendo pra que não fosse aleatório. Me despedi e disse te ligo. Ela sorriu meio amarelo, disse liga sim enquanto eu me distanciava e acenou já meio de longe com um tchauzinho. Tentou disfarçar mas não estava esperando amiga nenhuma, só ganhando a vida do jeito mais antigo do mundo. E eu bem que gostei. Aquilo eliminava a chance de um casal, tirava a possibilidade de uma intimidade indesejada. E também um peso dos meus ombros: se eu brochasse estaria pagando, uma ferida menos profunda na minha hombridade.

Sem muita enrolação, feliz percebendo a veracidade do número, uns dias depois marquei o encontro, abri o jogo, disse que tinha entendido qual era o novo trabalho dela. Lúcia não se importou, disse a vida anda difícil, não aguentava mais ter que se virar com aquela merreca. Além do mais, o trabalho novo era bom, pouca gente por aí tinha a chance de trabalhar com o que gosta, enfatizou. Entendi o recado, fomos prum motelzinho e, confiando no meu taco, resolvi não tomar o azulzinho. Decepcionante. Apesar dos seus louváveis esforços eu parecia morto pra sempre. Mas conversamos a madrugada inteira, senti ali uma espécie de intimidade e abri meu peito, contei como era humilhante não conseguir mais fazer amor, logo eu, que já tinha encenado isso até em filme.

Desde então ela frequenta minha quitinete esporadicamente. Na maioria das vezes só conversamos, os dois circulando pelados pela casa, se admirando. Mas de vez em quando eu tomo o azulzinho e corro os riscos. Ela adora. Acho que, por ser diferente de mim, expansiva e falante, entre nós os papos fluem. Ela se abre, pede conselhos, e aos poucos me conhece um pouco também. Até que certa noite, sem avisar, Lúcia veio dormir aqui em casa pra aproveitar o ar-condicionado e caímos numa história sobre a sua avó, que ela achava uma bruxa apesar de ser tratada pelos vizinhos como uma santa. Quando eu era criança, por exemplo, ela me forçava a dar comida pra pombo numa praça perto de casa, justificava com um papo de que eles eram encantados, associados ao Espírito Santo e à Trindade Cristã. Entrava num papo de beata da igreja e eu cheia de arroz azedo na mão. Relatou que por causa do contato muito próximo com os pombos pegou uma inflamação horrível na pele, que ficou vermelha e coçando por semanas. Logo que fiquei sabendo disso intuí que ali talvez tivesse encontrado uma aliada ainda maior, e decidi contar o meu plano.

Já faz um tempo que venho bolando isso, a cada dia meu asco por esses bichos cresce. Não sei por que eles sustentam aquela cara de gentis, e os brancos são aclamados até como símbolo da paz. Os brancos são os mais nojentos! E tem cidadão capaz de adestrar, dizer que eles entregam cartas. Desde moleque eu nutro essa repulsa, já os odiava empestando o pátio da escola famintos atrás dos restos de merenda caídos pelo chão. Uns anos mais tarde, adolescente, indo comprar cigarros a varejo num bar, ouvi dois sujeitos já meio altos se segurando no balcão contarem o caso de um amigo que tinha tomado uma cagada de pombo na cabeça e que nunca mais viu o cabelo crescer ali. Aquilo acabou me fundamentando, nunca esqueci, e no decorrer da vida não passava por debaixo de um fio sem olhar pro alto e jamais comi galetos nos pés-sujos da vida, que é o que mais tem aqui no bairro. Com o tempo, virei um conhecedor dos hábitos deles e somei até algumas leituras e pesquisas.

Pôr meu plano em prática, de um tempo pra cá, é só o que me interessa. Passo horas na sacada, sentado na cadeira de vime, catalogando suas aventuras. O que eu pretendo fazer é o seguinte: pegar um bom punhado da comida preferida deles, que pelo que tenho observado é pipoca, encher de veneno e distribuir pelo chão da praça pra eles encherem o bucho e fazerem a festa. Não vai demorar muito e vão começar a cair duros. Chumbinho, por exemplo, é fácil de achar e letal, além de se camuflar fácil com qualquer coisa. Se não tem quem resolva, pode deixar comigo que eu assumo o papel de predador desses bichos.

Quando contei pra Lúcia, recebi de volta uma cara de espanto, depois ficou rindo baixo, até começar a gargalhar. Isso é questão séria, sua filha da puta, de saúde pública inclusive, tá rindo de quê, é, tu mesmo, tá rindo de quê, e ela dizendo pra que se preocupar tanto assim com esses bichos, deixa eles, também não gosto mas é maldade. Maldade é a deles, se fazendo de bobos e contaminando tudo, cagando, batendo aquelas asas cheias de piolho e se proliferando ao infinito, tirando onda, posando de harmônicos e pacíficos, eterno casal de namorados, uma farsa do caralho matando todo mundo. Tão fudidos na minha mão!

Hoje mesmo comprei o veneno. Apesar do deboche, foi Lúcia quem me indicou onde achar um chumbinho tiro e queda, uma vez precisou pra acabar com uns ratos que tinham se aninhado debaixo da pia no meio das panelas. O sujeitinho que me vendeu fica instalado na calçada mais movimentada do bairro, comendo poeira de ônibus e quase invisibilizado pela gritaria dos vizinhos. Magrinho, óculos escuros e desconfiado, arma a banquinha com um caixote de feira e os potinhos de veneno em cima, na maior, decorado com um rato de plástico. Pedi logo vários e perguntei quanto tempo demorava pra fazer efeito. Ele me disse olha doutor, esse aqui mata em meia hora mais ou menos. Achei razoável, meti sorrateiro os potes no bolso, também escondido atrás de lentes escuras e um boné bem enfiado na cabeça, e me mandei, o coração batendo forte. No caminho vim pensando na melhor maneira de administrar o rango dos meus amiguinhos. Decidi misturar no farelo de pão, pipoca era luxo demais. Também decidi agir na madrugada, já que — absurdo — é crime atentar contra eles. Lá pelas quatro da manhã eu ia descer e espalhar bastante farelo de pão batizado pela praça. A essa hora os pombinhos ainda estão no seu ninho de amor, não vão me perturbar voando pra cima, e quando acordarem terão um café da manhã de hotel.

Vou descer agora, chegou a grande noite. Lúcia veio e pedi pra ela ficar da janela me dando cobertura. O céu tá limpo, estrelado, e as copas das árvores imóveis. Praça deserta, ninguém dormindo por ali no meio dos seus papelões e cobertas fedidas, o que é raro. Tudo a meu favor. E é uma catarse. Encho a mão com o farelo dos pães que fiquei o dia inteiro ralando, bem misturado com chumbinho, e lanço pelo chão. Um banquete aristocrático, oito sacos plásticos cheios que vou polvilhando, pouco a pouco, forrando as maltratadas pedras portuguesas. Apesar da vontade de estender aquele prazer, tento cumprir tudo bem rápido, sem dar sopa pro azar.

Sorvo fundo a maresia com a sensação de dever cumprido e subo pra minha quitinete. Lúcia me recebe com um abraço caloroso, dizendo que sentiu medo por mim. Eu começo a beijá-la com uma vontade que não sentia há tempos por ninguém. Sôfrego, vou chupando aquela boca de lábios grossos demais tingidos de vermelho vivo, até que o tesão evolui a tal ponto que como ela ali mesmo na sacada, imprensada contra a parede, sufocando, sem remédio nem nada. Expurgo todas as minhas preocupações pra dentro dela, urro alto, aliviado, bem-disposto, cada vez mais leve. Vejo no seu rosto a satisfação, mas ela precisa ir. Pago a ela como sempre e combino pra semana que vem. Diz fechado, mas volto hoje mesmo pra ver no que vai dar esse teu plano maluco... Tô torcendo, levanta a mão na altura do rosto e exibe o dedo indicador cruzado por cima do médio, joga o cabelo e sorri. Devolvo o sorriso e digo com o meu melhor charme esperes e verás. Sou o cara outra vez! Ela vai embora rebolando aquela bunda que chega a saltar pra fora da saia, me olhando de lado, fazendo charminho. Mando um beijo, tranco a porta e decido estourar o milho que os pombos nunca mais terão a satisfação de degustar.

O dia começa a amanhecer e eu vou com a pipoca pra minha cadeira na sacada ver o sol nascer, ansioso pra contemplar o espetáculo. É sexta-feira e o primeiro casal de voadores mortos de fome chega. Parecem meio desconcertados com a grande oferta de comida e meu coração dispara. Ciscam um pouco aqui e ali, e finalmente começam, se fartam. Em pouco tempo vêm vindo outros. O sol promete um fim de semana de praia, a sexta vai ser linda, a praça vai encher e os pombos vão pousando mais e mais e mais. Quando o dia termina de chegar, a praça está totalmente tomada, mal dá pra ver o chão. Eles usufruem do banquete esganados, como burros que são, se bicando e brigando por cada farelo. Só me incomoda o fato de ninguém ter caído duro.

O primeiro alça voo, logo outro o segue, chegam uns idosos pra usar a academia e espantam mais uma boa leva, e eles vão voando, debandando, abandonando a praça de barriga cheia e serelepes. Depois de alguns minutos já não resta quase nenhum e o chão está limpo, nenhuma migalhinha. Magrinho trapaceiro filho da puta! Até com indicação a gente corre o risco de cair em golpe nessa cidade, ninguém respeita uma cabeça branca.

Volto pra cozinha e vou preparar um café, puto, murcho, decepcionado, me questionando qual foi o erro. A água ferve junto com as minhas ideias até que escuto um pequeno estrondo vindo lá de fora. Alguma coisa caiu no meu ar-condicionado. Enfio a cabeça pra fora da janela do quarto, e antes de conseguir distinguir, cai algo do céu tirando fino e se estraçalhando lá embaixo. Olho pra ver o que era e enxergo sangue no asfalto. Na mesma hora viro a cabeça pro lado e reparo em cima do ar um pombo morto. Saio correndo, já eufórico, e enquanto caem muitos outros, uma profusão, pego o pote de pipoca e fico assistindo, sorriso largo estampado na cara, à maravilha daquele espetáculo. Hoje o céu tá cagando pombos! E eles vão caindo, caindo, amassando os carros estacionados pela rua, acertando as velhinhas espalhadas pelos bancos, os coroas marrentos do carteado, partindo os galhos das árvores mais frágeis e enchendo o chão, transbordando o chão, entupindo os ralos e manchando tudo de sangue.

Só posso dizer que foi lindo, mal consigo traduzir em palavras, mas finalmente entendi por que uma revoada de pombos traduz uma alegria messiânica.

Trovoa

A gente precisa conversar. Foi o que a Simone disse. E logo pro Almir, que nunca foi muito de conversa, mais de silêncio. Apesar de com ela até conversar. Taí inclusive um dos motivos pra gostar tanto dela. Com outras pessoas, quase sempre calado, só falava por necessidade. Acabou gostando dessa novidade e, na companhia dela, chegava até a falar por falar. Jogar conversa fora. Mas quando ela disse que precisavam conversar, não, não gostou. A necessidade soou mal.

Conversa boa, na sua cabeça, era espontânea. Daquelas que vêm naturalmente entre pessoas que se entendem. Não demorou muito pra começar a questionar o que dava a ela o direito de proclamar que determinado momento era o de conversar, e não algum outro qualquer. Por que ela resolveu forçar a barra, pressupor uma hora, sentar à mesa numa noite de calor abafado e em vez de jantarem botar na mesa um café forte, os dois frente a frente, cabeças enfiadas nos ombros encolhidos, cotovelos apoiados na toalha de mesa puída, e repetir, cheia de decisão, a gente precisa conversar?

Depois daquele anúncio ainda tinha uma jornada inteira de trabalho pela frente. Caminhou até o bar ignorando cumprimentos, nem o irmão do Roni, já pedalando com aquela mochila vermelha imensa nas costas, foi digno de um bom-dia. Olhos no chão, em menos de quinze minutos percorreu o caminho do ponto de ônibus até o bar. Ergueu a porta de ferro de má vontade. Acendeu as luzes. Suspirou. Ficou um tempo ali parado sem saber direito por onde começar, apesar de todo dia seguir o mesmo roteiro. Foi ao banheiro, jogou uma água gelada no rosto e se encarou no espelho. Deve ter passado uns minutos ali, a cabeça a mil. Foi no piloto automático que agachou, pegou o desinfetante, jogou no vaso sanitário e no chão e começou a esfregar. Tanto que parecia até o banheiro de casa, um brilho, um cheiro de lavanda. E aí alguém gritou Almir, ô Almir, acorda rapaz, vai querer o cloro hoje?

Simone sempre soube do seu desconforto com as palavras, sabia que ele considerava conversar um ato muito complexo, um exercício hercúleo de alinhar as emoções às palavras, sopesar cada tom, se possível olhar nos olhos, combinar mãos, meneios de cabeça e postura corporal. Respirar. Um teatro. E agora aquilo?

Ia passando aquelas primeiras horas da manhã cismado, a cabeça na lua, lançando hipóteses sobre que assunto seria aquele que precisava ser anunciado antes de aparecer, analisando os dias pregressos em busca de algum furo, será que ela cortou o cabelo?, o pinga-pinga da bica da cozinha ele já tinha resolvido, só podia ser algum aniversário. Mas isso não era motivo.

Quando os primeiros clientes começaram a aparecer, foram atendidos por um sujeito pasmo e desatento. O que será que deu no Almir? Esquentava os pães na chapa, vendia isqueiros e latas de refrigerante, pingava o café no leite sem a menor vontade, cada um que chegava era um incômodo. Recebeu carregamentos de cerveja pro fim de semana, fez as contas, lavou a calçada, ligou no jornal só pra tentar se livrar de tantas hipóteses. O desfile de más notícias da hora do almoço só serviu pra deixá-lo ainda mais angustiado.

Depois de empurrar o arroz com feijão e carne assada da marmita morna que dividia espaço na estufa com lascas de pernil e torresmos bissextos, preparar a lista de compras do dia seguinte e instruir a cozinheira nova sobre o prato do dia, a tarde transcorreu mais sonolenta do que nunca, uma pinga ou outra pros cotovelos de sempre embalarem seus discursos emplastrados. Ainda não via motivo para aquela convocação na hora em que ela já se preparava pra subir na condução e ele começava a virar as costas. De supetão: uma irresponsabilidade. Ninguém tinha esse direito, de a essa altura do campeonato levantar inseguranças que ele havia deixado pra trás. E em grande parte devido a ela mesma, que com aqueles olhos marrons e uma mão sempre na sua coxa demonstrava curiosidade por tudo que ele pensava, receptiva a seus carinhos. Passavam horas sentados na praça depois que chegavam do trabalho, trocando frases ou só pra se alimentarem um pouco de silêncio. Pelo menos entre eles.

Começou a se considerar um pouco traído. Depois de tanto tempo juntos, de tudo que tinham vivido, da goteira na sala, das filas pra tudo, do dinheiro contado, vida que conseguiam levar em harmonia porque tinham um ao outro, amargando juntos as imposições, exercendo a contragosto os papéis historicamente escritos pra eles, mas delicadamente felizes, e tudo isso na base da conversa espontânea e da afinidade. Agora pra que isso, como que agora ela vinha dizer pra ele que precisavam conversar, um café a essa hora da noite, só podia estar querendo que ele não pregasse os olhos a madrugada inteira. Cadê o arroz com feijão na mesa, sempre tão batalhado de sol a sol, nas balas e amendoins vendidos na rua — era o que fazia pra conseguir pagar a vaga no quarto que dividia com mais dois também egressos do Ceará quando a conheceu —, e ela varrendo chão, limpando casa de madame, obedecendo ordens imbecis e se sujeitando a humilhações veladas por tantos anos, até que juntaram um dinheirinho e conseguiram abrir o botequim, na mesma praça em que ele aprendeu a se abrir pra ela: o boteco do Almir, todo mundo no bairro conhece, na praça do Zé Duro, ali na esquina da rua da oposição com a dos deputados, onde quem sobe vai dar na igreja católica e quem desce sai na praça São Jorge, aquele das mesas e cadeiras vermelhas, perfeito pra assistir à pelada rolando no campinho e onde toca samba o tempo inteiro, naquele que quem atende é o cabeça branca precoce de voz grave que hoje acende um cigarro atrás do outro. E ela trabalhando em casa de família pra complementar a renda, mas gostava de dizer que agora tinha ficado bom, com todos esses direitos, até carteira assinada, não era hora de largar justo quando a patroa decidiu arcar com os cálculos do INSS depois dos anos sem registro. Como que após isso tudo ela ainda precisava proclamar cerimoniosamente, até com um vago ar amedrontado de quem evita olhar nos olhos, que precisavam conversar? Sempre conversaram, afinal, nunca precisou disso.

Quando ele foi demitido da vaga de auxiliar de serviços gerais não haviam conversado, ela não tinha dado todo o apoio, dito no meio de um dos melhores abraços que Almir recebeu na vida que superariam tudo juntos, que durante um tempo dava pra segurar a barra sozinha, e quando ele veio com a ideia dos picolés no trem não foi ela quem bancou o primeiro isopor e não o deixou desanimar diante de todos os empecilhos, seguranças, concorrência, dor nas costas?

E aquele episódio, então, em que a acusaram, quando trabalhava na casa de uma atriz decadente, de ter roubado um colar de pérolas da década de vinte, quando insinuaram que o colar estava ali até ontem à noite, que a madame tinha ido a um coquetel com ele e largado na mesa de centro quando voltou, na sala, ao lado do cinzeiro transbordando bitucas e do pires com restos de pó branco, e que, no outro dia, quando foi procurar, já não estava mais. Almir esteve a ponto de se dar ao trabalho de pegar dois ônibus só pra tirar satisfação com a velha no calçadão e fazê-la engolir cada bolinha preciosa, ainda mais depois que encontraram o colar caído atrás do vaso sanitário e a atriz teve a súbita memória de que chegara naquela noite passando muito mal, meio alta, e o colar devia ter se desprendido do seu pescoço quando foi ao banheiro, isso, passando muito muito mal, vocês sabem, lógico, não é preciso entrar em detalhes, entenderam, normal esquecer quando a gente passa um pouquinho da conta na bebida. Quem foi que a incentivou a largar o emprego naquela casa e disse que dobraria a venda de picolés enquanto ela não arrumasse um serviço pra substituir aquele, quem deu um sorriso e disse que o sol tava dizendo e o picolé tava saindo mais que água? E sem sequer insinuar a necessidade de uma situação tão formal para conversarem.

Foi lá e disse o que o coração mandou, sem planejar, sem precisar sentarem mudos à mesa, atmosfera pesada, a água fervendo, Simone que levanta com um reflexo súbito, rindo sem jeito e com pressa de desmanchar o sorriso, passando o café enquanto Almir juntava os farelos de pão ainda do café da manhã, puxava o punhado com a mão direita pra palma da esquerda e depois polvilhava na lixeira. Até obrigado disse pra absurda garrafa térmica quase meia-noite apoiada na sua frente, seguida pela xícara vermelha que começou a espraiar seu absurdo cheiro somado à absurda fumacinha. Qualquer um com o mínimo de noção do que é uma conversa natural e amigável seria capaz de perceber a falta de prumo da cena, a piada que é mediá-la por café quando o termômetro batia trinta e cinco graus debaixo do rebaixamento de gesso que escondia as telhas de amianto com o dia já virando.

O que retumbava na cabeça de Almir, durante toda aquela quarta-feira imensa, era a antecipação daquela cena: pra que esse teatro do absurdo se nunca foram de teatros? Orgulha-vam-se, inclusive, da espontaneidade que norteava a relação, capaz de despertar em quem os olhava com atenção enquanto enfrentavam uma fila qualquer de casa lotérica ou açougue a estranha sensação de que se tratava de seres humanos que nasceram pra ficar juntos, que uma hora ou outra, de todo modo, se encontrariam para selar o destino, por mais que a enorme diferença de estatura pudesse indicar o contrário. Gente que é capaz de atender por pressentimento ao que um espera do outro. Se ajudando nas doenças, rindo juntos nas conquistas: feito quando ela ganhou no bicho, que foi como se os dois tivessem ganhado, porque, apesar da insistência dele, ela não quis comprar algum agrado pra si, renovar a escova progressiva, trocar o celular, não, fez questão foi de dar entrada num jogo de sofá pra sala, pros dois usufruírem de um pouco mais de conforto.

Por que agora aquilo, depois de tanta falta de grana, noites insones de verão com a energia elétrica suspensa por falta de pagamento, depois de tantos tiroteios na hora de ela chegar em casa do serviço e ele preocupado escutando tudo sem poder fazer nada agachado num canto da cozinha. Depois de tantas contas, tantos pagamentos mínimos no cartão de crédito e carnês vencidos das casas bahia driblados por subempregos aos quais ninguém deveria ser submetido, tudo isso sozinhos e apoiados um no outro, sem indicações, amigos ou oportunidades, mas enfrentando, resignados e firmes, absolutamente conscientes do que deveria ser feito mesmo sem ninguém nunca ter ensinado nada pra eles. Alicerçados no amor que nutriam um pelo outro. Por que agora aquela necessidade de marcar uma conversa se moravam na mesma casa, por que não podia esperar nem por um banho?

Já bastava o dia cansativo de Almir pesando nas costas, a pele colando na camiseta branca que exalava o cheiro do suor de três dias de verão carioca, abafado e lindo, a cabeça grande depois de ainda ter lidado, já no fim do expediente tenso, com um grupinho que no pós-jogo da pelada ali mesmo no Zé Duro ocupou uma mesa e se achou no direito de abrir sua geladeira e pegar as cervejas sem nem um aceno, só porque chegaram ao bairro sob as honras de seu Américo para supostamente fortalecer a segurança das ruas mas não saíam do depósito de botijão de gás. Almir sabia que o melhor era ficar quieto como sempre, Roni já tinha aconselhado a não se meter, mas fez questão de comentar mais alto do que precisava com a coroa que gostava de alimentar os pombos que o bairro andava mal frequentado, que aquele espírito de camaradagem não existia mais, virou moda agora se fazer de maluco. Se arrependeu ao perceber que o careca sem camisa escutou, comentou com o de cabelo comprido e ficou encarando, mas não tinha nada a perder àquela altura. Não é possível que a Simone tenha esquecido o estresse que é cuidar de um bar, mas só isso explica ter lançado uma bomba daquelas e virado as costas. E amanhã ainda tinha que madrugar pra entregar o resultado do exame ao médico, urologista do SUS, que andava desconfiado da sua dificuldade pra mijar.

Cansativo pros dois o dia, afinal a faxina de quarta era sempre das mais exigentes pra Simone, muitos livros empilhados nas estantes, três quartos, tapetes e cortinas, quinas, vidraças, dois vasos sanitários e um bidê, sem contar o pedido simpático pra cuidar do almoço da menina, coisinha simples, não vai te atrapalhar, rapidinho você prepara um arrozinho branco, passa um filé de frango, bem grelhado, por favor, e não deixa o arroz empapar, senão ela não come, né, senão ela faz cara feia e desdenha, larga no prato ainda as rodelas de tomate sem semente e a colher de caldo de feijão-branco sob a alegação de que já estava cheia, ah, e cuidado com o cabelo, Simone, por favor, deixou crescer, né, tá na moda agora não alisar, né, vi na novela. Ficou linda, mas cuidado pra não cair na comida, vou ver se compro uma touca pra você hoje mesmo, tem umas no shopping, só não sei se vai ter pro seu tamanho, né.

Tempo agora, a essa hora e depois desse dia perdido, no máximo pra um banho, janta e talvez uma zapeada na televisão sem prestar atenção em nada, fazendo companhia um pro outro enquanto compunham a sinfonia noturna da vizinhança. Isso se fosse um dia normal, isso se o ar não estivesse envolto em mistério, fumaça de café e cheiro de gordura do frango frito pela vizinha. Tudo indicava a Almir que uma revelação decisiva seria feita naquela cozinha de pisos do chão iguais aos da parede, naquela caixa branca repleta de armários cujas dobradiças rangiam falta de óleo e atenção, o ventilador ressoando no chão e a comida ainda fria em potes na geladeira. O que eu vou fazer da minha vida?

Mas foi aí, logo que o primeiro gole forçado de café queimou a língua de Almir, que Simone levantou a cabeça e tentou encará-lo nos olhos, com dificuldade, porque subitamente ele se levantou e deu as costas, abriu a bica, bochechou um pouco e desengaiolou palavrões como se fossem capazes de desinflamar a ansiedade ou aliviar a dor da ferida. Ela pediu senta aqui, olha pra mim: e o que ele viu foram dois olhos brilhando, mistura de aflição e promessa, olhos feito aqueles ele nunca tinha visto no rosto da sua mulher, desse jeito nem naquele episódio em que conseguiram ficar juntos depois do flerte diário na mesma linha de ônibus, ele vendendo seus doces e ela sempre comprando o mesmo — jujuba —, ele desconfiado desse vício, até que junto com os dois reais veio um número de telefone, a hesitação, uma pipoca no ponto rindo da diferença da quantidade de bacons entre os saquinhos, a descoberta de que ela era juntada com um sujeito que não aceitava a separação e vinha mantendo a união à força, vivia infeliz, e depois da coragem de compartilharem as primeiras lágrimas a coisa evoluiu, uma tarde de motel promovida por atestado médico e soma de economias miúdas. Até que numa madrugada fria de junho, o marido fora dando serviço, se achando invencível, se lembra até hoje, garoa fina caindo e o sol demorando uma eternidade pra iluminar o dia, ela fugiu só com uma mochila nas costas e a roupa do corpo para encontrá-lo no local combinado, a kombi que ele tinha alugado lá esperando com suas tralhas, pronta pra levar os dois pro cantinho onde vivem até hoje. Nem naquele dia ele viu aqueles olhos, feito ali, naquela hora.

Nem nunca havia sido tomado por tamanho receio, nem nos dias que se seguiram à fuga, quando qualquer moto passando mais devagar pelo portão, qualquer carteiro que batia palma ou testemunha de jeová, prenunciava um tumulto na calçada, briga, sangue, 190.

Fala logo, foi o que a ansiedade soprou pela boca do Almir, num tom ríspido que ele não pretendia e que, surpreendentemente, fez assomar no rosto da Simone um sorriso, a mão pegar na dele e a voz afinal expelir, meio engasgada, a melhor coisa que poderia ter entrado pelos seus ouvidos, diluindo a necessidade de conversa, conservando-os juntos, quietos e agora abraçados, uma soma e o futuro inteiro pela frente.

Tudo preto

Vai sair hoje, encontrar o pessoal do grupo da net. Perfume do boticário, camisa nova, a mãe só compra apertada, passa no cartão, decalque de surfe, mas essa não, GG, ele mesmo, fez questão, formatou um PC, cento e vinte reais, investiu. Já alinhavou uma antes, flertou, hoje vai. É veterano disso, conversar on-line, depois ao vivo. Sempre decepciona. Sempre se decepciona. Mas hoje não. Encontrou o grupo certo, sua galera. Todo mundo ama barba. A dele faz trança até o umbigo, status. Uma disse que quer beijá-lo e depois quem sabe o que a noite guarda, cara de pau, ele hauhuahuahua, bateu punheta. Essa hoje tá no papo. Banho tomado, cabelo repartido, rabo de cavalo. Camisa do Black Sabbath, clássica, Never Say Die!, novinha, preto brilhando. Não quis nem deixar a mãe lavar antes pra não correr o risco de desbotar, cheiro de loja.

Hoje vai, tomar umas verdinhas, fazer uma social, heavy metal, todo mundo na sintonia, uns de unha preta, os caras, viu nas fotos, guitarristas de garagem e show no motoclube, descolados, sua galera, encontrou finalmente. Na hora de sair a mãe perguntou se ele não ia comer nada antes, tinha janta, o resto do picadinho com chuchu, ele puto, não quero não, chuchu não tem gosto de porra nenhuma, não gostava que a mãe o tratasse feito criança. Além do mais vomitava à toa, três verdinhas já no brilho, se cinco, fatalmente jogaria fora. Vai pra onde, filho?, a mãe perguntou, tá cheiroso, camisa nova, encontrar a namorada? Ele vermelho, mais puto, tímido, enfiando a unha numa espinha, vou sair com os amigos. Vai com deus, cuidado. Até que enfim o filho ganhando umas asinhas, se for demorar muito liga, não deixa a mãe preocupada, ele já no portão, duas voltas tremendo o chaveiro da Flórida de tanta raiva.

Pegou o trem, um parado na plataforma, deu sorte. Vagão vazio no contrafluxo. Do outro lado vinham uns cheios, nego voltando do trabalho, tarde já, mas ainda apertado. Coçou a cabeça, encheu a unha de caspa, bateu o ombro da camisa preta. Desempregado desde sempre, nunca tinha trabalhado de carteira assinada, ganhava algum às vezes, curso técnico de informática, colou no portão: conserto e manutenção de computadores. Nunca tinha aparecido alguém por causa disso, mas os poucos amigos ainda do tempo de colégio recorriam, indicavam outros amigos. Dos cento e vinte que faturou essa semana tinha mais da metade na carteira. Na matemática mental, quatro cervejas, passagem, ainda ia sobrar algum. Ficou feliz e comprou um trident. Merecia um hálito fresco. Menos dois conto. Ficou com algum de reserva, desceu meio longe do destino e foi andando, caminho deserto, mas economia.

Lá no barzinho, já a galera. Pessoalmente, conhecia um só. Era mais íntimo inclusive dos outros que nunca tinha visto. Muito tempo de chat, tinha sua turma. Só que na hora dos e aí beleza, ambiente esquisito, todo mundo meio mudo, nada de sorriso e muitos dedos no trato, assuntos desencontrados e subgrupos, apertou umas mãos sem vontade, a sua já suada, e se ancorou no que conhecia pessoalmente mesmo, a primeira verdinha e a esperança de que ela fizesse a sociabilidade florescer. Escorou a sola do tênis no poste e ficou ali.

Quando chegou na quarta, a derradeira, o grupo já estava mais conversador, algumas horas decorridas, todo mundo mais amigável, mas só homem. A única menina era namorada de um maluco e pros padrões dele era muito feinha, gorda, cabelo seco de cor indefinível e sorriso lunático, ficou achando que ela parecia o brinquedo assassino, nem se esfregasse na minha cara. Os caras falavam de rock 'n' roll, assunto que ele curtia, mas muitos citavam bandas novas que pra ele não tocavam porra nenhuma, um bando de moleques. Amava era death metal, principalmente as mais pesadas, mutilação necrofilia estupro. Ria pra caramba traduzindo a escrotice das letras, como era possível nego pensar numa coisa dessas... Naquele meio ali viu que talvez não pegasse bem se citasse suas bandas favoritas. A essa altura já bufava olhando pro meio-fio, considerando a possibilidade de começar a fumar e desistindo logo em seguida: não não fede muito tá maluco. E então mais uma vez recorreu ao exílio no celular. Com uma mão acessava o aparelho enquanto com a outra enchia as unhas compridas de quem gostava de se passar por músico, apesar de nunca ter tido a chance de aprender a tocar nada, com o sebo grosso que arrancava do couro cabeludo e limpava na bermuda.

Mandou uma mensagem pra mina que estava prometida pra ele, que disse na cara de pau que hoje ia rolar, e ela tinha visualizado e não respondido. Que merda. Mais uma furada. Papo chato, ele deslocado, ria quase sem escutar o que diziam, sem nem querer prestar atenção, só pensava na prometida da noite, putinha escrota, deixando no vácuo. Disse pra galera que ia no camelô pegar mais uma, a quinta já, precisava economizar, e perguntou se alguém queria. Maior vacilo ficar pegando no camelô e sentando na mesa, alguém cochichou e ele fingiu que não era com ele. Mal estava parando sentado. Quando ela chegar vou cagar, deixar ela na vontade, com a buceta piscando de tesão, pensando na minha barba roçando nela. O pessoal agradeceu mas um maluco disse que ia com ele, também queria mais uma, e no caminho ficou conversando sobre xampu, condicionador e pomada pra barba, disse que frequentava um salão especializado, que tinha produto importado que deixava os fios macios e sedosos. Servem até cerveja artesanal pros clientes lá! Perguntou o que ele passava na dele, lavava com o quê. Sabonete mesmo. O cara achou um sacrilégio e falou ah, maneiro, maneira tua barba. Grandona. E foi assim perguntando, quanto tempo tinha demorado pra crescer, com quantos anos ele tinha começado a ter barba, se cultivava desde cedo ou se foi uma escolha mais adulta.

De volta, quinta verdinha nas mãos, deu de cara com a presença de quem esperou a noite toda, mas a situação não foi a sonhada. Sorrisão, oi Pedro, até que enfim a gente se vê, tava ansiosa, depois mãozinha no cabelo dela, ele gostava de alisar cabelos femininos quando tinha a oportunidade, às vezes no ônibus mesmo, elas nem notavam o dorso da sua mão a pontinha dos dedos os olhinhos fechados, ou notavam e gostavam, as safadas, e ele ficava de pau duro, inspiração garantida, enfim, mas aí ela viraria sorrindo, dentes bonitos, piercing no nariz, e se beijariam, ela pegando na sua barba, dizendo que era a maior que já tinha visto. Ele tinha o direito de esperar por isso, ela disse, na cara de pau, no chat, que queria beijá-lo e ele tinha batido a melhor punheta dos últimos tempos enquanto olhava a foto dela do perfil. E quem diria, pessoalmente fazia jus à foto.

Mas na realidade o que aconteceu foi o seguinte: ele de longe, enfiando a unha nas espinhas e fingindo que conversava com um pessoal que falava de Queens of the Stone Age — banda que ele desprezava — enquanto observava seu alvo fingindo que não a tinha visto. Bia, o nome dela, e parecia que a Bia não tinha mesmo reparado na presença dele. Só que o problema maior era o maluco que havia chegado junto com ela. Que merda. Tá certo que a Bia não disse que ia sozinha, e ali era o encontro de quem tinha barba e de quem gostava de quem tinha, e o cara tinha, mas porra, por que então ela foi falar num dia de madrugada, depois de umas mensagens mais ousadas no chat, papo de boca carnuda por debaixo do bigode grosso e andar sem calcinha, que ia dar um beijo nele e sabe-se lá mais o quê, a imaginação era o limite. Era de se esperar que viesse sozinha e o recebesse de braços abertos, depois sentassem juntinhos no meio-fio separados do grupo, quem sabe, falando das letras escrotas de sadismo das melhores bandas de rock do universo, que ela também adorava, e depois a tal mãozinha no cabelo, o beijo, o perfume gostoso do boticário, os sininhos tocando, a lua bem grande cercada de estrelas etc. etc. Mas não, vinha junto com um magrinho de barba rala, cabelinho duro pro alto, camisa de botão meio aberta, colorida. Se é que aquilo pode ser chamado de barba.

É, é sim, essa música é pica, Pedro repetia pros seus interlocutores barbudos, o da pomadinha amava o grupo do Johnny Depp e tentava lembrar o nome, e ele concordou que sim banda top esqueci o nome. Não tirava os olhos da Bia. Tinha era que peitar o magrelo, ali não era o lugar dele, que se mandasse prum samba, o que mais tinha naquele bairro era um bando de palhaço batucando em volta de uma mesa e ele não podia estragar o VI Encontro dos Barbas do Rio de Janeiro, da galera do classic rock e heavy metal especialmente, subgrupo do encontro dos barbas do qual o Pedro fazia parte, que andava de preto e estava ali para conhecer garotas que amavam barba. Faça amor não faça a barba, era tudo que ele queria. E aparecia um bundão daquele com uns fiapos na cara babujando a orelha da mina que no chat disse pra ele que tava molhadinha que ia bater uma siririca antes de dormir pensando nele e por mais que não tenha concordado com a insistência do Pedro pra abrir a câmera tinha prometido um beijo e otras cositas más que não via a hora. Agora ria junto com um viadinho daqueles de segredinho pelas bordas da rodinha com um copão de caipirinha essa bebidinha de gringo do caralho filhos da puta.

Pegou a sexta e se aproximou, oi Bia. Ela sorriu aberto e disse ooiiii, bastante estendida no i, o que o deixou contente e o encorajou a alongar a conversa e perguntar se estava tudo bem e por que ela demorou tanto, que ele estava esperando por ela desde cedo. Ela respondeu meio sem graça que tinha ficado esperando o Iago que demorou a se arrumar e depois como moravam perto, ela no caminho dele, combinaram de pegar o mesmo ônibus, o que quase não deu certo porque ela acabou tendo que sair correndo e quase perde o ônibus mas enfim tô aí. E o mané foi logo mostrando os dentes e apertou a mão do Pedro cheio de satisfação Iago, um tapinha no peito pra depois escorrer pelo braço dele. Babaca, deve ter fumado maconha esse filho da puta com esse olhinho fechado, alimentando bandido, financiando o tráfico, mamando nas tetas do governo, porque é, cursa ciências sociais, maneiro, ganhando aquelas bolsas para escrever aquelas merdas que ninguém lê, de papo furado justo com a boquinha prometida. Porra, puta que o pariu, enfiou a unha numa espinha futucando irritado, meio de lado agora da rodinha de papo fingindo que olhava o movimento, notando que ela o observava de banda, talvez incomodada com aquele grandão ali estacado, até que viu sangue na ponta do dedo, limpou rápido na bermuda e disse que ia ao banheiro.

Agora essa putinha tá me desprezando ela vai ver só. Blackzinho pintado de roxo unha de preto e já acha que engana, essa sombra também preta no olho e os piercings, aquele papo de que sofria com bullying e se afundava na siririca só pra despertar a solidariedade dele, cuzão, agora vai ficar aqui fechado nesse banheiro fedorento enfiando a unha na cara, vai lá falar com ela, puxa ela pelo pulso prum canto, escora na parede, chama pra beber mais uma, esse tipinho dela sempre topa, depois mete a mão na nuca e agarra logo, elas falam que não mas no fundo querem sim, enfia a língua na boca dela e bota o pau pra fora, aposto que ela vai chupar se engasgando, se bobear não cabe nem na boca dela essa piranha, vai pro samba, pra macumba, pro show do Caetano Veloso aquele viado.

Adicionou ela no grupo pedindo autorização pro moderador, que não gostou nada daquele perfil com citação do Pequeno Príncipe, qual foi Pedro que porra é essa, essa mina é esquerdista, olha aqui essa foto defendendo a universidade pública, qual foi a dessa garota, nada cara, relaxa confia, ele não confiava mas disse confia porque ela tava dando mole pra ele ou porque gostava dos barbas e também porque tá cheio de esquerdista nesse grupo e tu vai cismar logo com minha mina tu não viu o Osmar com estrelinha vermelha não porra, ela curte os barbas e saca tudo de Possessed, deixa comigo. Se expôs pra isso, pelo menos o beijo que ela prometeu, agora ia deixar ele na mão, ah não, ela vai ver.

Aí Pedro a gente tá pensando em colar ali na grade e escutar o show do lado de fora, bora, bora vamos sim vou só ali pegar mais uma verdinha hahaha cuidado que meio chapado meio corajoso o dinheiro acaba, saiu pedindo licença, tu viu a Bia por aí, Bia, é uma de black roxo tava com um maluco de camisa florida, ih não vi não cara, valeu, enfiava indicador e polegar encaracolando a ponta da barba que chegava a tampar um pedaço da cabeça do capacete dos óculos do maluco da capa do disco. Deu voltas pela praça pela rua por debaixo dos arcos até se assustar com um sujeito que vivia ali, esses vagabundos que têm casa mas vêm passar a semana aqui mendigando, cheios de filhos mamando no Bolsa Família, deve estar querendo me roubar, cuidado lá meu filho minha mãe falou.

Não voltou mais, tanto rodou que quando notou já estava no caminho do ponto de ônibus e decidiu que era melhor mesmo. Foda-se. A bateria do telefone tinha acabado, ficou na vontade de mandar ela se fuder. Só escolhe a mulher errada, ralhava consigo em voz baixa, murmurando, falando sozinho. Quase cai de cara no chão se não se agarra na grade depois de tropeçar na raiz de uma amendoeira enquanto ladeava um caminho deserto demais até praquela hora da madrugada. Eu tinha era que ter investido naquela gordinha que me chamou pra fuder no quarto vago da pousada que ela trabalhava, aqui nem parece que tá na cidade olha quanto verde, e era só subir a ladeira ou pegar o bonde, depois a gente dormia peladão no terraço olhando o céu que ela disse, mas pensou na virilha mais escura que a cor da pele, marcou que ia e nem foi, melhor xvideos spankbang redtube essas loiras peitudas não são desse mundo meu deus! Parou pra mijar numa árvore e notou que o mundo girava ainda mais rápido, mijou no tênis pisou na poça d'água se vomitou todo, sujou a camisa nova toda inferno! Sentou encostado na cabine do fiscal do ônibus, até que enfim uma alma, a ponta da barba arrastando na calçada, puxando um ar tonto e sem chão, levitando.

Tudo preto.

Acordou numa cadeira de rodas. Logo que abriu os olhos viu se aproximar dele uma baixinha toda de branco que começou a ralhar, esses merdas enchem a cara, não aguentam e vêm pra cá acabar com a nossa glicose, não adianta que não dou. Tá vendo aí, só precisava de um cochilo. Pediu água, muito sem graça, preferiu nem perguntar como tinha chegado ali. Queria sair sumir o mais rápido possível, só que a garganta arranhava, gosto de chuchu azedo na boca. Bebeu sôfrego um líquido de gosto horrível, agradeceu muito pra cara de poucos amigos que nem sequer olhou pra ele e saiu andando rápido olhando pro chão antes que vomitasse de novo no meio daquele corredor daquele cheiro de éter daquelas pessoas dormindo gemendo jogadas nas macas encardidas.

Luz bonita do sol já raiando, sozinho, noite inútil e o dia ia ser lindo. Domingo. Não dava pra saber a hora. Ia falar o que pra mãe? Quando chegasse já ia estar todo mundo acordado. O pai indo pra feira a mãe varrendo o quintal a irmã se ajeitando com o sobrinho pra missa, nem ia dar tempo de correr no tanque pra lavar a camisa vomitada. Não sabia o que fazer, se ao menos nessas merdas dessas estações tivesse um banheiro pra usar. Nem isso. E foi assim no trem vazio, a cabeça já começando a doer, o sol nos olhos e dormiu.

Que bonito hein seu Pedro isso lá são horas aposto que tá até agora sem comer nada lanchou? Deixa o menino dormindo fora hein filhão farra boa usou camisinha?

Futuca as espinhas e enseba as unhas grandes de caspa. Não responde nada e se enfia rápido pro quarto. Ninguém nem reparou na camisa vomitada que ele tacou no cesto de roupa suja junto com a meia mijada e no tênis no tanque. Ufa! O conforto finalmente o invade diante da visão daquela bocona vermelha com a língua pra fora quase lambendo a cara do Eddie com a machadinha cheia de sangue, os dois lado a lado na parede oposta à janela que dava pro muro cinza do quintal. Esvazia os bolsos em cima da escrivaninha. Uma nota suja de dois reais e moedas que tilintam pra debaixo da cama. Depois pega. Tirando a bermuda o celular mergulha no chão, mas ele cata antes do estrago e pluga no carregador que já estava na tomada. sms: sua internet acabou e a promoção não foi renovada recarregue pra voltar a curtir mais 15 dias de pré-turbo.

Depois uma metralhadora de apitos anunciando dezenas de mensagens lidas ansiosamente.

Vai tomar café, filho, seu pai comprou pão, a mãe pergunta pro vulto que entra no banheiro carregando o notebook e passa o resto do domingo trancado, por mais que o sobrinho insista e quase derrube a porta sanfonada, o pai chame pra assistir o jogo do Vasco e a irmã confirme que sempre soube que tinha algo errado com esse moleque.

Um minuto antes do fim

Noticiário, meia dúzia de e-mails, propagandas. Uma remela na ponta do indicador, um peteleco e um pouco de café bem doce e fraco e quente de queimar a língua. Chora o cachorro do vizinho. Não sei quem pra Europa na próxima janela de transferências, não sei quem sofre com o término, não sei quem oito facadas. Clique. Ex-marido indignado com o fim do relacionamento de sete meses. Sete meses. Conheceu casou morreu. X. Fumaça embaça meus óculos de grau contra dor de cabeça. Na promoção, experimentou entre as dezenas de modelos dispostos na lona azul, enxergou melhor, doze reais. Levei. Pesquiso cadastro envio e busco e nada de carteira assinada. Me atualizo com um curso on-line grátis entre quedas constantes de conexão. A caixa de entrada um deserto de novidades. Concursos em baixa, suspensos. Mas hoje andou. Ia andar. Me chamaram pra entrevista, processo seletivo depois do almoço. É assim, tem que estar disponível na mesma hora. Quer ou não quer afinal?

Já imaginava, não rolou. É, é rápido. Pra conseguir entrevista que demora. Na estação pra voltar, esfrega um braço colando no meu ainda mais, bate um cabelo loiro ponta dupla no meu rosto e chega arranha enquanto tento enxergar o chão que minha mochila aconchegada no peito quase tampa.

Quando alivia, mochila nas costas e mão que apalpa o bolso: celular ainda lá. Outra escada, agora vazia, chego a pular degraus com minhas pernas compridas. Esse moleque vai longe no salto em distância, corri oitocentos metros, tirei terceiro lugar, ganhei uma medalha e não me federei. Não tinha dinheiro nem dei muita bola, não gostava de ficar todo suado fedendo haja desodorante e calote na condução. Chegou a ligar empresário lá em casa prometendo carreira. Meu pai me deu escolha, eu quis estudar. Hoje em dia meu nariz cheio de óleo, mancha grande de suor debaixo da manga da camisa polo, ponto de ônibus, sedentarismo. E aquele tique irritante cultivado desde a infância: indicador e polegar saem brilhando da esfregada no nariz, dava pra fritar um ovo se eu recostasse bem na frigideira e pingasse. Todo mundo ri. Cada uma. Não vejo a hora daquele francês com minas, só com o macarrão carne moída do almoço.

Estar no meio de tanta gente tantos ônibus encostando saindo cortando por fora jogando fumaça dificulta a missão de não deixar o meu passar direto. Se eu soubesse que você estava ali pra de repente me acompanhar numa corrida atrás do ônibus, somar seus tapas na lataria aos meus, xingar o motorista, rir amarelo um pro outro, eu ficaria mais tranquilo. O problema era que a gente não se conhecia ainda, eu não tinha nenhuma pista de que você era minha vizinha e saltaria no ponto antes do meu. Talvez uma mudança de hábito fizesse a cumplicidade entre nós florescer: acordar cedo frequentar a padaria comprar um gatorade ir pra academia cruzar com a galera que malha antes do trabalho — isso é capaz de mudar um destino. Pode ser que seja, é bom imaginar que sim, eu poderia fazer disso rotina só por causa do formato da sua panturrilha.

Mas já faz uns anos meu movimento é um tal de seu currículo foi selecionado e você poderá estar comparecendo, um tal de convocação pra entrevista e entraremos em contato, a vaga foi preenchida por outro perfil e vamos estar guardando seu currículo no nosso banco de talentos para futuras oportunidades, que eu já não sorrio nem puxo mais assunto com ninguém. A culpa é do mundo, mesmo na hipótese de eu ser o próximo da fila enquanto você passa com as compras e derruba um sabonete. Ignoro. Fica lá, alguém recolhe, ganhando pra isso e eu desempregado. Duro. Viciado: pesquiso como se dar bem nas entrevistas de emprego, as doze perguntas mais comuns das entrevistas de emprego, como se vestir pra uma entrevista de emprego, dez sinais de que você se deu bem ou se deu mal na entrevista de emprego, se entrevista de emprego é uma prova da qual você já sabe as perguntas por que não se preparar antes.

Nós dois, vizinhos que nunca nos vimos, fadados a dividir uma viagem de volta pra casa. Era o que eu queria todo dia e nem sabia. Sonho baixo. Não é coincidência alguém entrar no mesmo ônibus que você e saltar no ponto anterior ao seu, nem um minuto antes do fim do seu percurso, e você nunca ter visto aquela vizinha antes. Por outro lado, tem gente que se esbarra todo dia conhece o motorista faz festa de aniversário come bolo cercado por bexigas coloridas enquanto num buraco da pista a coca-cola derrama numa saia branca sexta-feira, tem gente que de tanto se encontrar todo dia no ônibus na mesma hora percorrer o mesmo caminho chega a se casar depois de segurar a bolsa uma, duas, três vezes pra poupar o peso — na gentileza — e de repente é número de telefone mensagem cerveja café motel sei lá.

Só que quando você subiu, depois daquele tempo todo que nós dois juntos esperávamos na calçada o mesmo ônibus sem nunca termos nos visto ou trocado uma palavra, por mais que eu tenha admirado o movimento leve do seu corpo vindo na minha direção, não fui capaz de fechar as pernas e puxar a mochila pro colo. Você sentou dois bancos logo à frente e mal o ônibus começou a se mover éramos simplesmente mais dois corpos engarrafados.

Me distraí, na verdade, com um sujeito de uniforme, vinha logo atrás de camisa polo com o emblema da empresa, passagem almoço benefícios, até um plano de saúde três dependentes, a esposa e as crianças. Distraí com o crachá no pescoço dele, a foto e o sorriso de primeiro dia pro segurança recepcionista que do nada aponta aquela minicâmera pra você qual foi vai fotografar, se apruma aí. Comigo só cadastro cartão provisório que depois deposito no recipiente na roleta e nunca mais. Fica lá meu cpf minha pegada. Tão distante pra mim, como pode, por mais que treine cadastre envie e preencha uma série de formulários, grave vídeos e responda a pesquisas capazes de traçar um perfil da minha personalidade pra logo em seguida me eliminar porque não me encaixo no que a empresa quer no que o robô quer o algoritmo. Uma corrida de obstáculos, perguntas capciosas, gestores treinados em quebras de expectativas: a essa altura todos meus inimigos.

Acomodado no banco, não vou mentir e dizer que não notei você olhando pra trás, procurando um lugar vago, incomodada com o ronco do sujeito que aos poucos relaxava no seu ombro cada vez mais encolhido. No seu corpo retraído, na sua musculatura tesa acostumada a agachamentos e pesos matinais mas não a cabeças ensebadas a ombros salpicados de caspa. Acredita que eu fui capaz de não te querer do meu lado naquela hora? Isso seria um problema entre nós no futuro, viraria uma piada, impediria qualquer possibilidade de que isso existisse?

Enquanto as pessoas trocavam mensagens ouviam música jogavam xadrez assistiam série não me saía da cabeça aquela sala cheia de candidatos muito piores que eu, mais qualificado do que a exigência pro cargo, gaguejando na frente de uma loira insossa feito quem não treinou a manhã inteira qual é seu ponto a desenvolver pra webcam ligada se vendo se portando bem. Estavam pouco se lixando pra minha dificuldade de sair da cama, pro caminho que eu percorria, pra minha facilidade em aprender. Uma amiga e seus passos decididos toc toc com o crachá da empresa vir desejar boa sorte na sala de espera: esse sim o passaporte.

E o ônibus seguia devagar, por mais que a essa altura o engarrafamento tivesse estranhamente se dissipado e não houvesse carro nenhum à frente. Devagar. A vontade que dava era descer e sair andando. Bora motor tenho hora! Correndo até chegar em casa, tomar um banho e tirar de mim o ranço dos olhares de esguelha, da roleta que trava, dos boa-tarde boa sorte simpáticos, bem-vindo, sorriso asséptico. Até a próxima. Só que, apesar da lentidão da viagem, ninguém preocupado em chegar logo em casa. Nenhum grito ou inquietação denuncia a pressa de ainda ter que refogar um arroz, botar um feijão no fogo, vassoura na casa. Uma dose de cachaça e depois mais uma e outra até chegar na esquina, o último a fechar: daquela mineira, Almir! Tudo pra entrar em casa no silêncio no escuro sem contas atrasadas ou cocô de cachorro no quintal pra recolher. Mas em vez disso dormem cabeças, tensionam o pescoço tombadas pro corredor feito num balé, um nado sincronizado no vaivém das curvas.

Quando passei no vestibular foi festa, churrasco, parentes em casa. Pena que não foi engenharia: uma tia desvalorizou mas ninguém ouviu, logo abafada pelo som alto, pela conversa solta. Eu seria um sucesso. Na calçada as cadeiras brancas repletas, no quintal samba, nos pratos farofa, alcatra, arroz, no banheiro a tampa do vaso respingada de mijo e mais tarde vômito na pia, um primo tadinho desacostumado a beber não fica puto não filho eu limpo hoje não é dia de briga com ninguém vamos comemorar. Carros chegavam junto do meio-fio encostavam davam parabéns levavam um pedaço de bolo sob a promessa de mais tarde volta aí, vamos brindar, meu filho passou no vestibular!

No sinal vermelho. Primeira engatada e lentidão. Intervalo grande entre os postes de luz. Silêncio. Mato o tempo reparando em você. Convencional, coque domesticando o cabelo crespo, blusa azul-clara por dentro da calça azul-marinho, quietude de quem não aguenta mais rejeição e trânsito mas segue, sapatilha fechada, bolsa no colo, recipiente de álcool em gel pendurado. A mão segurando um terço tatuada na nuca. Daqui a pouco você cobre essa arte com a echarpe que tira da bolsa, pousa elegante por cima dos ombros. Calor versus frio e o cheiro do meu desodorante perde espaço pras entranhas do meu corpo. Só nós dois acordados.

Cada curva um grande arco, paisagem que se descortina. Eu e você sozinhos, todo mundo lá. Não reconheço muito bem o trajeto familiar, aproximo o rosto da janela. Começa a chover, fina e constante uma cortina filtra o mundo. Em um dia de intimidade ainda te conto que meu relacionamento de cinco anos acabou por e-mail, o pai dela finalmente venceu. A tentativa de reconciliação eu forcei, acostumado à rotina, mas não transpus a barreira das mensagens eletrônicas: de início prontamente respondidas, aos poucos esgarçadas. Sentado no vaso sanitário descobri em poucas linhas que comigo não se sentia avançando, que ela sabia dos meus objetivos acreditava na minha inteligência torcia muito por mim mas tínhamos nos desgastado. Um nó na garganta, a descarga e nunca mais.

Então agora esse presente, você concentrada numa conversa que a essa altura eu desejava que acabasse logo. Seus dedos rápidos pareciam só tocar a tela com a ponta das unhas compridas brilhantes: uma discussão acalorada, um namorado machista — como foi capaz de flertar com sua prima em plena confraternização de dia das mães? — que ainda se achava no direito de controlar seu ir e vir, onde estava, com quem, volta que horas, como. Viajar sozinha pra Buenos Aires? Fora de cogitação! E se no começo isso ainda pareceu um amor uma atenção um cuidado, agora era um sufoco uma prisão. Inferno. De perfil são seus olhos cheios d'água, uma água prestes a escorrer de raiva. Vontade de levantar e te abraçar, nos entendíamos, você pode confiar em mim, eu era a sua única companhia naquele lugar.

Sensível, quem se levanta e se aproxima é você, aponta com o queixo o lugar vago. Junto as pernas e viro os joelhos pro corredor. Vem em busca de consolo e calor depois daquela discussão horrível. Olha pra minha cara: licença. Sinto seu vulto e seu sorriso. Sua necessidade. Me apavoro. Abaixo a cabeça pra mochila, o zíper agarra no fio solto, os papéis escapolem quase pro seu colo enquanto você se acomoda, minha garrafa de água já vazia cai no chão. Cato rápido e entorno o ar pra dentro de mim.

O ônibus vai perdendo cada vez mais velocidade, para no acostamento da via expressa. Os carros zunem pela pista rápida. Nenhum sinal de vida nos arredores. O motorista desce e se embrenha num mato alto que vai dar num valão. Até que some no breu e nos deixa a sós. Nosso cúmplice.

Com o ônibus parado o pessoal acorda, a inquietação se alastra, alguém fala alto o motorista desceu!, outro grita qual foi piloto quero chegar em casa! Burburinho. Você, do meu lado, não fala nada. Também não me atrevo, não quero quebrar o encanto frágil com minha voz tremendo perguntando o que será que aconteceu, que horas são, onde a gente tá, você conhece aqui? Aperto a mochila no peito, esfrego as mãos, me concentro no seu ombro no meu.

O tempo transcorre e o falatório vai diminuindo até cessar num silêncio que dura poucos segundos, só até alguém anunciar que vai descer pra ver o que está acontecendo. Alguns exprimem esperança. Os demais desencorajam. O sujeito já em pé, que parecia com a decisão tomada, estaciona no corredor transformado em objeto de discussão, conformado em terceirizar a própria escolha. Até o grupo do desestímulo vencer com o argumento de que o piloto devia estar passando mal e já voltava, acontece, deve ter ido ao banheiro, uma boa fantasia para a conformação de quem vive acostumado a perder: pra que se arriscar nesse breu? Depois disso a interação entre eles declina. Parece até que voltam a dormir. O motor não para de tremer os vidros que batem. E só se escuta isso.

Me sinto confortável assim, sua presença é amena e percebo que seus pensamentos vão longe enquanto fita pela janela a escuridão daquele recorte de cidade-fantasma. Faz tempo que não desacelero assim. Você me pacifica, e no meio daquela luz forte branca e dos faróis bissextos que jogam na nossa cara observo seu reflexo no vidro e torço pra de repente te parecer também nítida e límpida a necessidade de ficar comigo. Um novo mandamento: ficarmos juntos. Enxergo a gente se somando, e é tão óbvio que você decide me olhar. Finalmente. E o movimento é tão rápido, me pega tão em cheio, que não sou capaz de desviar e fingir que não observava cada imperfeição do seu rosto, o nariz pequeno, os muitos furos na orelha sem brincos, a pele lisa, as pálpebras sonsas caídas de sono. Pois eu te encaro. Seguro. Você não se incomoda e nós estamos fadados a construir um futuro. Seu rosto segue lívido e miro o fundo dos seus olhos castanhos.

Uma moça sentada atrás de nós quebra o silêncio de novo pra dizer que vem vindo um carro da polícia, talvez chame a atenção um ônibus parado e ligado todo iluminado no canto da pista. Não é possível! E agora alguém definitivamente decide descer, o pessoal apoia, não há tempo pra outra assembleia. É quase unânime que o sujeito ostentando calça de sarja desbotada e bota com restos de cimento, pensando na janta na família no jogo do Flamengo, está fazendo a coisa certa quando força a porta com a ajuda de mais dois, dá a volta correndo por trás do ônibus e consegue chegar a tempo e bem perto dos carros que passam velozes: articula palavras sem voz e acena pedindo socorro pra viatura. Que vem, também veloz, cada vez mais próxima, vem até que o ignora, as pontas dos fuzis pra fora das janelas, apontadas pra ele, as luzes vermelhas girando e girando e gritando até se perderem no asfalto molhado. O sujeito sobe de volta — cabisbaixo —, ninguém o consola e é o silêncio que outra vez nos engole no meio da noite.

Você dorme profundamente ao meu lado. A lua vai alta, forçando a luz entre nuvens quase transparentes, e meus olhos não pregam, sua cabeça no meu ombro, sua respiração pesada, o cheiro do seu pescoço. Tento ver mais de perto sua tatuagem, ensaio um gesto afastando sua echarpe, sorvo seu cabelo, delineio suas intersecções, me perco na boca entreaberta. Você nasceu pra ser minha. Destino. Fecho os olhos e adivinho a coxa lisa, os bicos rijos dos seios, a depilação em dia. Aperto as pálpebras, me desabotoo, surjo bruscamente duro e explodo, não consigo segurar. Limpo seu braço com uma das cópias do meu currículo. Nossa primeira noite juntos.

Até que distingo um vulto no meio do mato. Fico quieto, me recomponho rápido. Não quero estragar nosso momento. Que esse ônibus náufrago não chame a atenção, que paire à margem do tempo do movimento do valão, amém.

Mas a silhueta se aproxima, sobe os degraus, se acomoda, empurra a válvula, fecha a porta, engata a marcha e parte aos poucos e cada vez mais rápido. No movimento meus olhos pesam. Quero dilatar o tempo ao seu lado. As imperfeições do asfalto ninam. Brigo. Durmo.

Acordo depois do quebra-molas seguido de buraco onde sempre acordo. Você passa por mim trombando correndo assustada, seguro firme a echarpe brigando com sua força contrária, até que solto e sinto pena do seu quase tombo. Você faz sinal rápido grita vai descer motorista vai descer com a voz tremendo, a voz mais doce e esganiçada. Agora minha presença é notada. Pesam sobre mim olhares discretos e ostensivos. Alguém pergunta o que aconteceu, de uma hora pra outra querem se meter na minha vida, ganho importância, uma senhora uniformizada, enxerida, questiona se tudo bem com você o que houve Deise tá chorando por quê? O ônibus diminui a velocidade, abre a porta, você desce quase caindo de cara no meio-fio. Maluca. Consulto o celular, até que veio rápido. Nem um minuto depois é o meu ponto. Chove forte e ponho a mochila na cabeça. Minha casa fica a poucos metros. Aperto o passo.

Janela azul

Era uma velha que acordava cedo, tomava café e passava a manhã assistindo televisão até a hora do almoço. Jornal matutino, culinária, resumo das novelas e da vida dos famosos, muitas más notícias. Meio-dia, comia fora. Não fora de restaurante chique, fora de prato feito a quinze ali por perto de casa mesmo, só pra não ter que cozinhar. Achava deprimente cozinhar a própria comida. Da sua situação financeira não podia reclamar, até sobrava algum. Não o bastante pra pagar empregada ou espairecer na Europa, mas o suficiente pra manter uma poupança de baixo rendimento. Além do mais, asseada, a velha, limpa, vassoura e pá, espanador, água, cloro, sabão em pó e desinfetante. Simples. Empregada pra quê? Sempre foi caseira. Depois do almoço, sesta, ar-condicionado, se dava esse luxo. No mais, horas e horas sem compromisso. Se tédio matasse alguém, com certeza ela já teria partido. Mas era firme, e suportava com um colesterol controlado e uma pressão arterial de bebê os dias que era obrigada a ver passar.

Dormia e acordava sozinha, o lençol branco, o travesseiro alto, a cama de solteiro. Muitas horas gratuitas, depois de ter vivido tanta coisa. Bem, depois de ter vivido tantos anos. Testemunhava as mortes resoluta, sua família partindo, seus poucos amigos. Fulano, câncer. Aquela com quem cruzava tantas vezes no plantão, só de boa-noite: infarto. E ela nem um herdeiro, seu nariz largo, suas pernas compridas, seios pequenos, o tom da voz e a maneira peculiar de desconfiar de tudo, depois que debaixo da terra nunca mais.

Ela mesma filha única, pai e mãe mortos há muitos anos. Da sua geração, primos que iam pouco a pouco desaparecendo, morrendo ou se esqueciam dela mesmo, na solidão em que se enfiara. Nunca fez questão de cultivar as relações familiares, e se antigamente comparecia a algum evento desses, Natal, Ano-Novo, aniversário de alguém, era só porque se sentia obrigada, seu esposo ralhava, parece que não tem amor por nada, nem pela família, e aí ela se sentia em dívida, desnaturada: mal se ficasse, mal indo.

Tinha muita dificuldade para travar amizades. E a essa altura da vida, ainda mais. Nem mesmo uma doença ela cultivava pra compartilhar os sintomas. Os papos dos outros idosos também não interessavam, não sentia o menor prazer nas discussões tão comuns sobre o preço das coisas no mercado, a inflação dos remédios, dos combustíveis ou a novela das nove.

Havia também quem gostasse de repercutir candidatos à presidência, escândalos de corrupção e agenda de costumes: todas pautas certas na boca dos remediados e remediadas conservadores que não suportavam o aumento da irrelevância das suas opiniões — o que é certo depois de alguns anos — e se reuniam para não admitir pouca-vergonha, multas de trânsito e roubos de celular ali mesmo na altura do muro do cemitério, é mesmo, aquilo ali fica deserto, o policiamento tem que ser mais ostensivo. Se às vezes a falta de engajamento a afligia — seu marido na memória a tachando de oca —, buscava se livrar da sensação apelando para a certeza de que não tinha nada a ver com aquelas pessoas e não valia a pena forçar sorrisos só para diminuir a sensação de que passava tempo demais consigo mesma. Era só uma velha, vivendo o fim da vida, com suas idiossincrasias e uma pitada de desgosto. Nada mais corriqueiro.

Seu passatempo esporádico era alimentar os pombos. Quando os pães duros se avolumavam nos sacos de papel, pacientemente sentava-se à mesa e ralava tudo até os nós dos dedos, até o farelo ser suficiente pra passar algumas horas na praça afastada do balanço das crianças, que não deixavam os bichos se aproximarem. Depois só dali a alguns meses.

Mas três cervejas todo dia. Só assim dormia. Comprava no bar e bebia no sofá ou à mesa da cozinha. Uma prima do interior, quando se hospedou em sua casa com a filha que prestava vestibular pra federal, comentou que todo dia era demais, que quando a gente adentra certa idade o melhor é evitar bebida alcoólica, nosso fígado já não é mais o mesmo. A velha concordou, disse que chega uma hora que a gente tem que segurar, é verdade. Mentiu. Ganhou a vida como enfermeira — chegou a chefe do setor numa época sem cotas nem política pública, gostava de pontuar — e conhecia bem o organismo do ser humano, sobretudo o seu. E três cervejas era a medida perfeita. Sentava na cozinha, num banquinho instalado próximo à janela, e bebia olhando pro lado de fora. Chuva, lua, nuvens, algumas poucas estrelas, dezenas de quadrados luminosos, leds fortes demais. Ou então na companhia da televisão ligada, volume bem baixo ou às vezes no mudo, aos poucos achando graça dos ventríloquos globais. Só assim conseguia espairecer e afastar os pensamentos obsessivos, que a essa altura da vida são muitos, sobretudo os relacionados à finitude.

Levantava depois da terceira, ajeitava os cascos debaixo da pia, seus três que sempre iam e voltavam, lavava o copo já sentindo o princípio de tonteira bambear as pernas e se encaminhava pro banheiro. Lá, trocava de roupa, vestia seu pijama apoiando as mãos na parede, escovava os dentes, quase todos ainda naturais, umas poucas obturações, um canal, dois molares numa prótese, e ia pro quarto: cama e armário, mesa de cabeceira, abajur e o livro em andamento. Sempre uma biografia, depois de velha tinha desenvolvido curiosidade pela vida das pessoas e, enquanto as lia, comparava com a sua. Nunca antes de dormir, as cervejas a deixavam com as pálpebras pesadas, mas o livro ficava ali, a velha o abria e adormecia com ele em cima do peito.

No dia seguinte acordava se perguntando pra que acordava. Havia algum tempo ainda se dedicava a caminhadas matinais e exercícios nas academias da terceira idade, mas perdeu o gosto. Seu corpo não a impelia mais, só sentia preguiça. Tomava um nescafé e ligava a televisão, que ia passando de canal em canal até que dava a hora do almoço, hora de sair e ir até o bar do Almir, que servia o seu prato feito de todo dia e distava de sua casa não mais que dois quarteirões, vencidos mecanicamente com a sequência de seus passos ritmados.

Durante a caminhada não cumprimentava ninguém, não emitia som nem gesto, aceno, joia, aperto de mão, boa tarde, como vai fulano, nada. Só olhava para a frente. Não porque fosse antipática, simplesmente não conhecia ninguém. Nem de vista. Se impressionava, inclusive, com a capacidade do bairro de produzir tanta gente nova pra andar pela rua. Comia, em geral, bife de fígado acebolado, arroz, feijão, salada de alface e farofa. Alimentava pelo resto do dia. Mal terminava de comer já se levantava, não perdia tempo palitando dente ou assistindo jornal, ia até o balcão e pagava. Depois se encaminhava pra casa, deixava os óculos em cima da mesa da cozinha, bocejava, escovava os dentes e se esticava na cama, ar-condicionado. Leitura, palavras cruzadas, televisão, uma caminhada no quintal, assim preenchia a tarde, até as seis, que era a hora de ir comprar suas três cervejas.

Pegava os cascos debaixo da pia, colocava numa bolsa plástica do mercado e ganhava a rua pela segunda vez no dia.

Não gostava do horário de verão porque enquanto ele vigorava a essa hora ainda estava claro, e ela preferia sair pra comprar suas cervejas à noite. Sem nenhum motivo especial, só gostava. Mas também não gostava de deixar seu horário passar esperando escurecer. De modo que ia às seis, não importava a estação. Cumprimentava o Almir com um aceno e, antes mesmo de apoiar os três cascos no balcão, ele já virava as costas e pegava sua cerveja no freezer, bem gelada, apesar de a velha nunca ter dito que preferia bem gelada. Só pedia três da sua marca de sempre e pronto, pagava com o dinheiro trocado e dizia obrigada. Mas o dono do bar sempre lhe dava as mais geladas. Almir também era caladão, devia ir com a sua cara, e esse era um jeito honrado de mostrar cumplicidade. Gostava de pensar que suas três cervejas eram especialmente separadas, armazenadas no canto mais inóspito do freezer desde cedo, esperando os vinte e quatro reais que as tirariam dali pra descerem macias pela garganta.

Voltava caminhando mais rápido do que ia, os cascos tilintando no saco plástico, despertando um dos poucos momentos de prazer que ainda conseguia curtir. Pode-se dizer que era a única hora do dia em que sentia vontade de fazer alguma coisa. Vontade de beber suas três cervejas, bem devagar, sentindo o tempo passar, pensando no resto de vida pela frente e no tanto que já foi, olhando pela janela ou assistindo a um filme repetido, porque sabia que suas três cervejas lhe dariam sono, e enquanto dormia gastava um pouco a vida.

Tinha tido uma infância comum de garota remediada do subúrbio, jogado bola e desprezado as bonecas. Uma turma de amigos esquisitos na adolescência que nunca mais tinha visto, escrito uns poemas e jogado na lixeira, achado que seria uma ótima atacante. Tinha estudado numa escola em que havia poucas pessoas como ela na turma, sentido vergonha das canelas e dos cotovelos ruços no frio, do cabelo esticado e preso no alto da cabeça. Depois tinha passado no vestibular, traçado uma trajetória de aluna mediana e devaneado algumas curtas paixões universitárias. Se formou enfermeira e logo passou num concurso. Trabalhou numa série de hospitais públicos, em um específico por mais de vinte anos. Isso poderia ser uma grande fonte de histórias, tinha vivenciado e visto muita coisa nessa época. Mas não era sua vida, então ela não se envolvia. Era só trabalho. Quando chegava em casa mal se lembrava do que tinha acontecido. Seu papel era ser pontual, exercer sua função e sacar o salário no fim do mês.

Tinha se casado com outro enfermeiro, muito desejado entre as colegas e que escolheu logo ela, é, aquela esquisitona que não fala com ninguém, neguinha metida. Ele morreu de câncer uns vinte e poucos anos depois. Nenhum filho. Tinha dito muitas vezes pra ele eu te amo e se chamavam de amor, mas quando ele faleceu não chorou, e sentiu mais alívio que dor, desespero, saudade. Depois tinha se aposentado e, ao fim do contrato de aluguel dos inquilinos, decidiu voltar a morar na velha casa dos pais onde havia crescido e agora vive, recebendo contas pra pagar e telefonemas oferecendo empréstimos consignados e promoções imperdíveis.

Uma vez ou outra uma mudança, um ponto fora da curva. Alguém esticava um papel, adivinhava o futuro. Algum monte de merda de cachorro na calçada, alguém vindo de frente sem se decidir pra que lado ia, um caixa eletrônico vazio em pleno dia 6. Quando chovia, a televisão buscava o sinal do satélite e era impossível alimentar os pombos. Hora de assistir, então, ao temporal que pouco a pouco certamente alagaria vários pontos da cidade cada vez mais submersa. Também teve a vez em que comprou um livro e, quando chegou na página 203, seguiram-se doze páginas em branco. Uma lacuna na vida do biografado, chegou a cogitar se aquilo não seria manobra editorial, algum período desconhecido na trajetória do protagonista: suspensão. Ou dias como os seus, de rotina repisada. Se sua vida desse um livro seria feito aquele trecho, folhas em branco, riu. Amareladas pelo tempo. Riu de novo.

Também foi um desvio a menininha que, com o queixo apoiado no ombro da mãe, a encarou durante a viagem de ônibus, a última desde então. Tinha visto numa reportagem qualquer, enquanto vagarosamente mastigava um bife de fígado bem passado polvilhado de farofa, que determinada livraria, ícone nos anos da sua juventude, estava prestes a fechar as portas, subjugada pela concorrência feroz das grandes redes. Bateu uma culpa, só biografia comprada on-line, onde já se viu, e decidiu, ousada, contribuir com seu parco quinhão para a sobrevivência do lugar. Embarcou, então, no tal ônibus em que a mocinha inconveniente a invadiu.

Ela olhava pro lado, baixava a cabeça, sorria, mas não adiantava, a menina congelada, arregalada. A paisagem corria na janela e a velha não sabia onde se enfiar, o que dizer, como se livrar daquilo. Sua solidão debatia-se, apavorada, até que a mocinha cutucou a mãe, falou no ouvido e escutou alguma repreensão, fez bico. Não desistiu, contudo, e voltou novamente os olhos pra velha, que sondava a possibilidade de algum assento vago, ansiosa pelo seu ponto, já quase descendo pelo caminho, maldita hora! Cutucou a mãe de novo e escutou que estava incomodando a moça. Falavam dela. A mãe virou, pediu desculpas pelo incômodo, mas é que a Aninha gostou muito dos olhos da senhora, disse que não sabia que existiam azuis assim iguais aos da caixa de lápis de cor em pessoas feito a senhora, e de fato são lindos, parabéns, sorriu largo com a Aninha envergonhada, cabeça enfiada nos seus cabelos. A velha encabulada disse obrigada.

Até que um dia, depois das três cervejas olhando uma chuva forte que escorria pela janela, lavou o copo, guardou os cascos, escovou os dentes e sentiu ânsia de vômito. Se assustou, nunca foi fraca pra bebida, conhecia seu corpo. Jogou fora o bife de fígado com as rodelas de cebola, o arroz branco, a farofa de paio e o feijão mulatinho com bastante alho, ajoelhada e suando frio. Logo começou um desconforto no pescoço e ardência na pele. Sem nem um número na agenda capaz de vir ajudá-la, sem um companheiro pra ter guardado na gaveta de remédios um sal de frutas, no armário um chá de boldo, nem uma amiga pra tilintar os copos e dividir as cervejas ou chamar o Samu, sem o marido pra tirar a pressão e assegurar que não era nada, escovou de novo os dentes, vestiu o pijama, deitou na cama, acendeu o abajur e abraçou o livro contra o coração aos pulos. Sem o efeito da cerveja no organismo sofreu pra pegar no sono, suspendeu o livro em frente aos olhos e conseguiu ler bastante, até que a vida do biografado, uma mesmice agitada sem fim de altos acontecimentos e frases de efeito, muitos amores e ações vanguardistas, pesou suas pálpebras.

No dia seguinte acordou muito cedo, perturbada pelo canto do sabiá. Tomou café e passou a manhã toda assistindo televisão até a hora do almoço. Culinária, resumo das novelas e da vida dos famosos. No rodapé do telejornal: um condomínio da Barra da Tijuca invadido por jacarés e o Baile do Copa arruinado por um alagamento. Meio-dia, saiu para comer. O Almir serviu o de sempre, ali perto de casa mesmo, só pra não ter que cozinhar. Achava deprimente cozinhar a própria comida. Depois do almoço, sesta, ar-condicionado, se dava esse luxo. Depois, horas e horas sem compromisso. Se tédio matasse alguém, com certeza ela já teria partido. Mas era firme, e suportava com um colesterol controlado e uma pressão arterial de bebê os dias que era obrigada a ver passar.

Bomba-relógio

Aquele barulho do vidro estilhaçando, o resultado imediato da força empregada, a sensação de atentar contra o patrimônio de alguém desprezível, é difícil sentir coisa melhor do que isso na vida. A segunda porrada também foi boa, e apesar de ter mirado na lanterna e acertado na lataria, o barulho do ferro amassando e o resultado agradaram. Da terceira em diante foi se acostumando com a sensação. Antes da quarta, o ferro erguido bem alto, apareceu o tio, olhos arregalados perguntando que porra é essa, ficou maluco. Isso aí cortou um pouco o barato, mas a porrada serviu pra despedaçar mais um vidro.

Subiu no capô e porrou o para-brisa com todas as forças. Ficou intacto. Deu outra e nada. Talvez um sinal, mas àquela hora adrenalina a mil. Desceu, solada na porta e só barulho. O joelho chegou a estalar. Uma porrada no retrovisor, e apesar de ter voado longe, cansaço. Com o ímpeto visivelmente em declínio, o tio viu a brecha e mandou parar com aquela merda. Chegou a abaixar a cabeça de olhos perdidos — na fadiga na raiva na indecisão. Mas antes ainda outro sonho: pau pra fora e chuva dourando a lataria prateada até a bexiga esvaziar. A essa altura o modelo robusto e espaçoso, com sua tração nas quatro rodas — de pneus furados com a faca da cozinha metodicamente afiada naquela madrugada — e capacidade pra rodar no campo e na cidade, mas que na verdade lutava contra os quebra-molas e as avenidas recapeadas, não parava de urrar alarmes e campainhas.

Saiu uma vizinha assustada, conjunto de moletom cinza com minúsculos furos de cigarro no peito, cruzou o olhar boquiaberto com o do tio. Calçada fria e nebulosa. Se não fosse por esse ocorrido, silenciosa também. O fofoqueiro não demorou a despontar, quem prestasse atenção já era capaz de ouvir o barulho do molho de chaves dando duas voltas para ver o que estava acontecendo, esse esporro a essa hora da manhã. Ninguém vai parar esse moleque?

Marinho queria ter terminado o serviço conforme os planos: a plateia em volta aplaudindo e do alto — depois de saltos amassando a lataria feito um pula-pula de colchão de hotel, cena de filme — uma bela cagada pelo teto solar já quebrado, batizando todo o estofado de couro e respingando pelo computador de bordo de última geração. Mas travou. A mão reticente no elástico da cueca xadrez, o olhar que cruza com a vizinha petrificada — a não ser pelo cigarro entre os dedos que ia e voltava dos lábios —, um gesto de desistência e mundo à puta que o pariu! Se alguém cogitou contê-lo, não chegou a tentar. Então se mete pelo corredor ornado de buganvílias lilases, felizes, floridas e bate com estrondo o portão de alumínio. Devagar a respiração vai se acalmando, ele anda um pouco de um lado pro outro da varanda, solta berros urros socos no ar, uhuuuuuùl, entra em casa e por fim senta no vaso sanitário pra fazer o que não tinha tido coragem. O pé de cabra apoiado sobre as coxas.

Durante uma madrugada em claro, pontuada por pequenas doses de uma cachaça transparente acondicionada na garrafa pet que tinha contrabandeado às escondidas pro fundo do armário de fórmica, sentado encolhido sem camisa na pequena varanda fria suja de folhas, pescando o som dos gatos pelos telhados, arrotos altos tentando assustá-los e risinhos contidos, Marinho teve a iluminação — em meio aos mosquitos

— de que na verdade ninguém respeita mais nada, tampouco está preocupado com o próximo. Só com o próprio umbigo. Porque tem um dinheirinho a mais já se sente melhor que todo mundo, constrói uma mansão de dois andares, compra um carrão e pronto. Porque abriu um buraco no quintal e revestiu de azulejo pra encher de água e ficar lá na borda torrando debaixo de sol, já se acha no direito de tratar os outros com indiferença. E apesar de dizer que vai providenciar, a gente sabe que isso não vai acontecer. Custava? Como ostenta um relógio dourado no pulso, um cordão grosso no pescoço com as iniciais cravadas de brilhante e óculos escuros caríssimos cobrindo as sobrancelhas bem-feitas, pouco se importa se a tua mulher te despreza, te olha por cima e desdenha, só porque você não consegue dialogar com ninguém e parece que tem medo. Porque não consegue que aquela demanda simples seja providenciada. Não custava nada, de verdade, mas quem hoje em dia quer saber se estraga a vida dos outros, se afunda as pessoas no estresse e na insônia. Acham que o dinheiro pode tudo.

Suando frio, levanta e pega uma lata de cerveja na cozinha. Quer se acalmar, mas, quase simultaneamente ao estalo da embalagem, escuta pela janela o tio bradando o filho da puta tá doido, sempre soube que não batia bem, mas quebrar o carro dos outros? Que porra é essa! Não tem medo de ser preso? Perdeu a cabeça. E depois um silêncio quase absoluto, só cortado pelos passarinhos despertando na pata-de-vaca do quintal. Até que o tio volta à carga: não, não, não me meti, eu sei, claro, sim, ele não tem coragem de fazer nada comigo. Essa coragem ele não tem.

Mantém a latinha erguida a meio caminho até a boca, e só quando o tchau um abraço encerra a conversa do outro lado começa a sorver o conteúdo em goles afoitos, os olhos cheios d'água e medo, alegria e gás, até gritar essa piranha não quer saber de você cala a boca seu merda. Nenhum sinal de resposta do tio ou pista de que tenha escutado. Gargalha alto, amassa com força o recipiente já vazio, deixa largado em cima da pia e abre mais uma — uma porrada forte com a porta da geladeira, vidros tilintando e ímãs caídos pelo ladrilho vermelho. Pisa o calcanhar na lembrança de Salvador e volta pro sofá, a síndrome dos pés inquietos a todo vapor.

Nunca teve problema com vizinho. Ele pelo menos não incomoda, em silêncio o dia inteiro, meticulosamente organizando arquivos infinitos no computador cada vez mais lento. Pulam no terreno pra pegar manga, racham o muro pra trocar o hidrômetro, música estrondosa depois das dez: ele mudo. O pessoal aqui o conhece desde criança, pegou essa garotada toda no colo. Passa semanas inteiras sem botar a cara na rua, dias sem cruzar com a esposa em casa. Mal sai do quarto. De início ela queria saber se tudo bem, que que foi, vai passar, mô, daqui a pouco você arruma outro, salário até melhor, mas pra arrumar tem que sair desse quarto, de debaixo dessa coberta, nem passa mais a mão em mim, não sai dessa merda desse quarto, há quanto tempo que tu não toma um banho, cara, tá rindo de quê, tá chorando por quê, não dá mais descarga não lava uma louça, agora vai viver desses bicos, fria até quando, e esse cheiro de álcool de novo, não entra mais bebida alcoólica nessa casa tá ouvindo cara!

Cansado de ser solenemente ignorado sobre o seu problema, um tempo atrás resolveu falar com a esposa do Paraíba, apesar de não ter a menor intimidade e mal trocado bom-dia até então. Na maior educação, mais uma vez, insistiu encarecidamente que eles dessem um jeito naquilo, não estava conseguindo dormir. Ela se justificou salientando que já havia reiterado a necessidade de resolver a situação dele, que havia falado inúmeras vezes com o marido, já falei com ele, mas parece que ele esqueceu, sabe como é, muita coisa na cabeça, sei bem, é, sei sim, sei sim, mas seria providenciado, pode ficar tranquilo que hoje mesmo eu falo com ele, pode deixar. Os humildes olhos marejados, os joelhos no chão quente, as mãos espalmadas num agradecimento digno de culto, se inclinando e apertando com força as mãos da vizinha, os lábios babujados loucos de gratidão tentando alcançar o dorso dourado, as unhas laranja vibrante. Pode deixar que a gente vai providenciar, vizinho, puxou a mão ligou o carro e deu uma buzinada já virando a esquina sob o olhar atento de Marinho, que em seguida saiu abanando o rabo e repetindo brigado brigado brigado, é uma coisa de nada, muito obrigado, não vai custar nada.

Esses cornos costumam fazer tudo que as mulheres querem, e ela prometeu, ela jurou, tô te falando que jurou sim que vai dar um jeito, sorriu pra mim aqueles dentes perfeitos de porcelana. Tu já viu, sabe quanto custa? Merreca nada. Se eu acreditei, acreditei. Não me olhou nos olhos, não tirou os óculos escuros, me recebeu com sobressalto como se fosse um vendedor de bala ou um entregador de flyer ou um gari pedindo caixinha de Natal. E daí? Largou minha mão rápido, isso foi, tava com pressa. Tava gelada a mão dela. E tu acha que essas psicólogas de site cor-de-rosa sabem de alguma coisa, esse comportamento demonstra rechaço e pouco engajamento com o que está sendo dito, até uma vontade premente de se afastar?

Ele tinha entrado em casa de peito estufado: resolvido! Você é uma piada, cara. Ela não te olhou nos olhos, não tirou os óculos escuros, a mão tava gelada: tá lascado. Não vão resolver nada.

Misturando palavras a mordidas num pão de forma com sinais iminentes de mofo antes de sair correndo atrasada, a esposa, pouco preocupada se aquele era o último sanduíche, ele que fosse comprar e saísse daquela pasmaceira, daquela cama, daquela animação desproporcional seguida de sofrimentos encarnados, acrescentou também, pra eles a gente não é nada, cara, lembra quanto ofereceram pela casa só pra terem um campo de futebol society? E agora tão sufocando a dona Penha, aquela do olho azul. Tu é inocente ou o quê, devem estar fazendo isso contigo pra ver se a gente desiste, larga de ser trouxa e vê se põe a roupa pra lavar: apontou o cesto atulhado de um cheiro azedo, já deve estar até sem cueca pra vestir. Entornou o último gole de café frio sabor pasta de dente enquanto saía do banheiro e pendurava a bolsa pesada no ombro. O marido ainda desfiava: chega uma hora que a gente não aguenta, mô, esse descaso, uma coisa fácil dessa de resolver, eu não aguento, eu não aguento, eu não agueeeento, porra, tá afetando minando minha fé na humanidade. Cara, tchau, vê se descansa. Olha só essa olheira: não sei que horas volto hoje. Oi? O trinco quase inaudível da porta.

Agora Marinho fechava a casa toda à chave, dava voltas pelos cômodos conferindo novamente os trincos, três quatro cinco vezes, latinhas de cerveja metodicamente esvaziadas e olhos pela greta da cortina: a janela que dava pra rua. Ia e voltava, embolando o tapete. O tio com o celular tirava fotos do veículo parcialmente destruído junto ao meio-fio. O vizinho de cabelos brancos se aproximou, bom dia! Perguntou nossa o que houve, arrastando o cachorro que teimava num mijo fraco junto do poste, mas ficou sem resposta. Deu meia-volta depois de observar bem de perto cada estrago, ignorado como se nem estivesse ali, como se ninguém gostasse de uma fofoquinha. Voltou pra sua calçada, abordou uma vizinha que saía com as filhas uniformizadas e lamentou, apontando: olha que loucura isso! A menor riu e bicou o para-choque, a irmã mal tirou a cara do celular e puxou a mãe pelo braço: tô atrasada, vizinho, deixa eu ir depois a gente conversa. Só que também ia praquele lado. Ele e o cachorro menor que um gato, abanando o cotoco de rabo e cheirando mijo, estavam indo buscar o páo, de modo que continuou: como que uma pessoa chega a um estado desses, era táo respeitado aqui, trabalhador, saindo cedo, chegando tarde, um garoto de ouro, nunca tinha sido visto parado em esquina, metido em coisa errada, ah, tudo bem, eu também vou por ali — a garota de pernas compridas andando rápido na frente — o pai dele, deus o tenha, dizia que o garoto tava trabalhando demais, queria dar do bom e do melhor pra esposa, planejando um filho, mas náo tinha tempo pra mais nada a náo ser aquela empresa, tratava os recursos humanos como se fossem gente, esse era seu lema profissional, eu mesmo já escutei ele dizendo no batizado do Junin, se não me engano. Só pensava na promoção que nunca vinha, deve ter batido uma frustração — a máe com as crianças parou pra atravessar a rua — pois é, e hoje em dia, olha só: desempregado, desleixado, já viu como tá cabeludo, aquela barba tsc tsc tsc. Quase não bota mais a cara na rua. Quando põe, é pra isso. Viu como o carro ficou, náo quero nem ver quando.

Em certa ocasião, algumas semanas atrás, Marinho irrompeu do nada ao lado do vizinho depois de se esgueirar pelo corredor, cuidado máximo pra não pisar em nenhuma folha, chinelo na máo, náo podia espantar a presa: vem cá, hein, irmão, e o lance lá e tal? Se você me autorizar eu mesmo dou um jeito, só preciso do acesso, minha mulher tá me enchendo o saco. Sorriso. Desculpa, o vizinho esqueceu, esqueceu mesmo, muita correria, sabe como é, sei sim, sei bem, mas já vai providenciar, já vou providenciar não passa de semana que vem, é tanta coisa na minha cabeça, não se incomoda não, precisa fazer nada, eu vou falar com o meu funcionário e ele vai resolver isso pra você. Desculpa hein mais uma vez — o vidro fumê fechado e a primeira engatando.

Ele ouvia o barulho da água esguichando da piscina do outro lado do muro, a alegria das gargalhadas, a música alta, o cheiro de churrasco. Isso tortura. Equipamento de luz e som o cara providencia, aluguel de mesas e cadeiras, bufê, até roda de samba ao vivo cantando parabéns pra você. Cerca eletrônica, câmera de segurança, grama aparada, bandeirinha na festa junina, pisca-pisca de Natal, Papai Noel no terraço, bandeira do Brasil, jardineiro periódico pra manter a copa da dama-da--noite bem redondinha. Tinha placa solar, captação de água da chuva, até buraco na rua ele mandava tampar. Arrumava exame de vista pra vizinhança, cirurgia de catarata, lugar na frente da fila pra operação de joelho. Cargo na prefeitura, vaga na obra ou de cabo eleitoral pro candidato a vereador. Tinha o esquema da areia, camisa, quentinha, boné, adesivo, cesta básica, depósito de botijão de gás. Sempre cercado de gente e anéis gigantes, muitos amigos, não tinha muita hora certa pra chegar nem pra sair. Todo mundo sabia do tanto de coisa de que o Paraíba dava conta. Agora uma coisinha daquelas...

Pondera que qualquer advogado encontraria um jeito de dar razão a ele. Injetado de coragem, levanta do sofá e decide ir ao portão contemplar sua obra. Com as latas de cerveja já no fim, esquenta a garganta com mais uma dose de cachaça, dessa vez outra — mais cara, merecia — que tinha escondido num compartimento na estante da sala em meio a manuais de aparelhos eletrônicos que nem existem mais. Aquilo desce bem, ele estala a língua, dá mais uma volta pela sala, tropeça no tapete, olha pro pé de cabra num canto, escorado na parede ao lado da comigo-ninguém-pode murcha de sede, se dirige até a cozinha, machuca o pé descalço no ímã de Cabo

Frio — filho da puta! —, pega outra lata, dá uma grande golada achando aquilo quente, sobe as três últimas pro congelador, desfaz as duas voltas do trinco da porta e ganha o corredor que leva até o portão. Antes de começar a caminhar, olha desconfiado pros lados, pra cima, pra baixo. Bate nos braços e nas canelas espantando mosquitos que zunem e mordem. Não tem muita ideia de quanto tempo passou dentro da casa hermeticamente fechada mas a essa altura o sol já vai alto, seu estômago se revira e o mau hálito denuncia que hoje sequer escovou os dentes.

Estranha o silêncio da vizinhança e o calor de verão. Molha a nuca com um pouco de cerveja quente pra refrescar, entreabre uma das abas do portão cinza com o número 8 e lança o olhar pela fresta. Faz um barulho que não esperava, mas os dois homens de óculos escuros nem reparam e continuam analisando o estrago: um desce a mão dá testa ao rabo de cavalo, espalhando o suor, e o outro coça a pouca quantidade de cabelo na nuca enrugada. Circulam o veículo a essa altura silencioso, arriado, cansado de tanto urrar. O coração de Marinho sobe até a garganta e a sensação é de sufocar, ou de que um abismo está prestes a se abrir no chão.

O que vem é um terremoto. Ele se deita encolhido no chão gelado de caquinhos vermelhos-amarelos-pretos, aninha a cabeça nas mãos juntas e se aconchega como um feto. Os chinelos que o tio arrasta do outro lado do muro e seus ouvidos estão à mesma altura, é capaz de sentir os pés do irmão da sua falecida mãe se aproximando a cada passo por meio das vibrações do planeta. Parece que está prestes a explodir sua cabeça. Fica na expectativa. Soa o ranger da dobradiça do grande portão de ferro pesado. E ninguém vem.

Escuta um papo gasoso, o careca e o cabeludo, e um deles nitidamente diz que alguma providência tem que ser tomada, cara, olha isso, tá maluco, isso não pode ficar assim. Busca forças pra se levantar, a testa suada e fria, o cabelo cada vez mais crespo crescido desleixado sem máquina se enche de pedrinhas, restos de folha, formigas mortas. Passam pés gordos amassando um kenner que Marinho vê por baixo do portão, ainda deitado. Fecha o que ainda restava de aberto das barulhentas chapas de alumínio, fronteira entre sua privacidade e o mundo externo, dez centímetros vencidos lenta e metodicamente num esforço descomunal. Se ergue e em seguida se encolhe como se estivesse com dor de barriga, agacha com as mãos na boca do estômago, o cheiro de cerveja choca na gola da camisa esgarçada. Deixa a latinha praticamente vazia junto ao muro e acha melhor se esgueirar de quatro. Mais uma vez se tranca: dessa vez no quarto.

Desde que saiu do último emprego, de onde foi demitido depois de atirar o pote com itens de escritório — lápis, borracha, canetas de muitas cores, grampeador, clipes, post-its, corretor — contra o vidro da janela da sala de reuniões com vista pro cartão-postal ao saber que, por 0,5 por cento, não tinha atingido a meta do semestre e por isso não seria compensado com o pagamento integral da participação nos lucros e dividendos da empresa — com o agravante de a borracha ter ido parar no colo de uma coordenadora absolutamente perplexa —, Marinho não conseguiu mais uma recolocação. O vidro não chegou a trincar e o grito ele abafou com a mão e os olhos arregalados. Desculpa, desculpa, desculpa não vai voltar a acontecer. Todo mundo levanta, ele pede licença e vai pra sua mesa na sala onde os colegas especulavam alto sobre qual seria o artista do show surpresa da festa de fim de ano da firma, sem nem desconfiarem que em seguida ele seria chamado por uma daquelas mesmas colegas do setor de RH e que no fim do dia sairia com seu porta-retratos socado na mochila antiga mas bem conservada, junto com o estojo, a agenda com a marca da empresa, o cacto morto e sem ilusão de recorrer da justa causa.

Uma vez em casa, de início sentiu um alívio profundo e a sensação de que aquilo não poderia ter vindo em melhor hora. Não dividiu o rompante com ninguém e não procurou outro emprego. A perspectiva de voltar a frequentar um escritório instigava sonhos de rajadas de metralhadoras que não poupariam ninguém e isso o aterrorizava.

A esposa o amparou, consolou, apoiou, criticou, ignorou e largou de mão. Nas bocas corria que passaram a dividir a casa por mera conveniência, porque não pagavam aluguel, porque era herança da família dele e ela não conseguiria lugar melhor. Apesar de não ter sido bem assim. As contas eram divididas tão na ponta do lápis que havia um pote com moedas em comum a que cada um recorria pra completar o troco que deveriam dar um pro outro, ela chiava porque não recebia presentes, porque ele não respondia à sogra no grupo da família e não pendurava o quadro que há mais de um mês esperava no chão, escorado. Além disso, ele passava tempo demais no celular e não queria um filho. Brigavam e ele ria, e ela reclamava, até que começou a presentear a si própria, aprendeu a manusear a furadeira, descobriu que seus óvulos continuavam saudáveis e chegou à conclusão de que nem tudo é tão ruim, injusto e violento assim pra colocar alguém no mundo. Se ele queria chegar do trabalho e deixar o sapato jogado, que seja, esconder bebida no armário e não contar o motivo da demissão, que não conte, que não queira ir à entrevista e prefira ficar em casa dando um tempo, que arrume freelances e não precise da ajuda de ninguém. Que se feche no quarto, chore no banho, não troque de roupa e de repente ame demais, morra de saudades quando ela decide beber com colegas, viajar no Carnaval, chegar cada vez mais tarde.

Naquela multinacional, de início, tudo era prazer pro Marinho: tanto as boas quanto as más notícias que dava aos candidatos. Ou o emprego é seu ou vamos estar guardando seu currículo para novas oportunidades. Até o dia em que alguém disse soluçando poxa vida eu jurava que o emprego era meu o que houve eu tenho dois filhos pra criar meu marido acabou de morrer minha mãe tá com câncer o que eu vou fazer da minha vida meu deus, ah muita concorrência infelizmente muita gente muito capacitada mas você se saiu muito bem foi por pouco em breve quando abrir uma nova vaga, vai abrir mesmo, sempre abre, e quando abrir entraremos em contato.

Colocou o telefone no gancho, seguiu até a salinha pra comandar mais uma dinâmica de grupo da qual já sabia que ninguém avançaria e depois, naquele mesmo dia, enquanto entupia uma planilha com dados dispensáveis, teve a sensação de que não fazia sentido ter que mentir tanto, mentir e ir pra casa no metrô cheio percebendo que mentia, que podia inclusive ter mentido pra alguém ali, que o que mais fazia era enganar os outros e ainda por aquele salário há tanto tempo sem um reajuste acima da inflação, incapaz de patrocinar férias internacionais ou um vinho mais caro.

Logo ele que julgava oferecer tantas oportunidades e se gabava de selecionar sempre os melhores. Os outros, desqualificados pro cargo, sem proatividade e vontade de aprender, que procurassem outra coisa. Ali, enquanto ele fosse um dos analistas de recursos humanos, não teriam direito ao day off de aniversário nem à refeição no restaurante próprio por metade do preço que a empresa oferecia a todos os colaboradores, tampouco a avaliar depois com as cinco estrelinhas o ambiente de trabalho e os benefícios que quem consultava no site antes da entrevista chegava numa gana, caprichando no brilho nos olhos: afinal, quem quer perder a chance de somar naquele great place to work? Era um orgulho bater ponto na empresa líder no mercado de recrutamento e seleção de recursos humanos, também reconhecida pelas oportunidades abertas pros talentos internos. Se não tinha plano de carreira fincava a bandeira na meritocracia — nada mais justo —, quem se destacava galgava rápidos degraus. Só não entendia por que ainda não tinha galgado os seus se nunca se atrasava, vestia a camisa, ficava até mais tarde feliz com a pizza e o uber pagos, se escolhia sempre os melhores, gente que chegava a ser promovida antes dele. Soube de uns casos assim mas tudo bem, minha hora tá pra chegar — o sorriso branco iluminado à força agradecendo o feedback, o aperto de mão e depois de volta à mesa, e quem sofria com seus caninos era a tampinha de caneta carcomida.

Se enfiava no banheiro e um remédio pra dor de cabeça escondido, um papel higiênico jogado na pia só pra eles verem o prejuízo que a injustiça pode causar e mais um copo descartável de café com três colheres de açúcar. Até que num alinhamento semanal saltou da sua boca — logo da dele, que entre os pares que ganhavam o mesmo salário tinha atribuições de superior: por que a gente não convoca do banco de talentos, da planilha do excel, da guia do e-mail com os melhores currículos em vez de sempre anunciar no site, fazer triagem, centenas de testes, dezenas de entrevistas pra depois mentir e sempre isso, e ainda é um gasto emocional pra nós, pra eles e um gasto financeiro pra empresa, que vai entrar agora num momento de contenção e corte de pessoal, vocês sabiam, sabiam que cada processo seletivo é uma nota? Tá querendo ficar sem emprego, é, tá maluco.

Já Paraíba surgiu na vizinhança comprando a melhor casa da rua e demoliu. Começou do zero um palácio aos estrondos, todo dia, pontualmente às seis e meia da manhã. Inclusos aí domingos e feriados. Seus pedreiros usavam uniforme, um branquinho de capacete e camisa social acompanhava a obra todo dia. Depois, a cada oportunidade imobiliária, desembolsava e demolia. No lugar, salão de festas, churrascaria, pizzaria, choperia. O pessoal especulava que o negócio dele real é um ferro-velho na Dutra, fachada pra receptação e desmanche de carros roubados, que nada, tem um barco no Paraná fronteira com o Paraguai que herdou do pai, dizem que é só tonelada de cocaína que ele despeja, nada, tem é uma empresa de segurança privada, sede no centro da cidade CNPJ tudo direitinho, parece que o ponto do bicho ali perto do Almir é dele, ô, vocês tão viajando, o maluco é empreendedor mesmo, isso é inveja, saiu de baixo, estudou administração, juntou um dinheirinho e foi abrindo os negócios no suor na garra na disposição, se hoje em dia não presta atenção no que o vizinho pede pra ele é porque é realmente muito ocupado, cuida de dezenas de negócios, e inclusive é muito gente boa, empresta dinheiro pra quem tá no aperto, ajuda quem tá sem condições de botar comida na mesa, sem crédito no mercado, depois é bom pagar, lógico, juros altos que não é filantropia nem ong né.

Até que pouco se lixando pra ocupação do Paraíba, Marinho comprou um pé de cabra pela internet e aguardou ansiosamente a oportunidade. Aguentou a mulher questionando esse gasto supérfluo, que não servia pra merda nenhuma, cara, pra que que tu quer isso, ficou maluco, e se manteve firme no propósito. Passou dias sem comer praticamente nada, vivendo à base de leite frio e ovo cru. Se achava brilhante e um merda. Abria o portão, dava de cara com o carro, voltava pra pegar a ferramenta e cochilava bem abraçadinho, dormia até três da manhã e quando voltava o carro já tinha sido guardado na garagem. O coração batendo a mil, fazia um chá, batizava com cachaça e ficava sentado na varanda chorando e anotando planos num caderno de espiral do Pato Donald até quase dormir sentado, até quase amanhecer. Os nãos que disse e os que escutou: duas fileiras no caderno. Se pudesse compraria um drone, carregaria de granadas e sobrevoaria o prédio da empresa até a bateria da máquina acabar e involuntariamente uma tragédia acontecer. Gargalhava alto, os cachorros latindo e ele uivando enquanto chegava à conclusão de que os nãos poderiam virar sins, era só pegar o celular da empresa e ligar pra cada um: tá contratado. Revirava a gaveta atrás do aparelho até lembrar da demissão e cutucar a esposa externando a necessidade de conversar. Ela, desmaiada à base de remédios que considerava a única maneira de aturar o marido até a análise da papelada ficar pronta, não reagia.

Seu destino era virar lenda no bairro, e Marinho cumpriu. Na hora foi incapaz de mensurar o futuro, a maravilha que seria ver o dia raiar, abrir o portão e se deparar com aquele carretão ali parado, sem nem saber com quantos anos de salário conseguiria ter um daqueles, e a rua perfeitamente deserta, até uma bruminha de frio embaçando o horizonte. Ele sempre se embolava de emoção ao relatar que depois foi só voltar pra dentro, se olhar no espelho e dizer bota pra fuder, buscar o pé de cabra guardado debaixo da cama e voltar de samba-canção e camiseta pra calçada, nem ligando pro pigarro que o tio expelia do outro lado do muro, ele que viesse mesmo ver como na primeira porrada esmigalhou o vidro do motorista, na segunda amassou a lataria e na terceira, apesar de estar se acostumando, ainda sentiu bastante prazer ao entortar a porta do carona. Se depois da quarta cansou, sentiu o menisco quando tentou fazer o mesmo com a porta do motorista e ficou tímido na hora de cagar, isso era problema seu, o tio não tinha nada que ter falado praquela velha filha da puta que ele estava maluco, tampouco fotografado e ligado pro cara vir ver o estrago que tinha feito no carro dele. Tinha era que ter aplaudido e animado o pessoal, filmado pra depois rirem juntos. Garoto, eu vou fazer uma rifa pra instalar uma estátua de bronze tua na pracinha!

Só que, por enquanto, a principal preocupação era nem um pio, as janelas fechadas, as luzes apagadas. Enfiado debaixo da cama, barriga pra cima e o copinho de dose ao alcance da mão direita, Marinho beberica vez ou outra pra durar mais e não ter que se arriscar a ir até o armário de fórmica. Os dois tão de campana só me esperando pra me matar aqueles dois filhos da puta mas não vão me pegar não será que molham a mão da polícia e desovam meu corpo no valão ou no areal só quebram minhas pernas ou de repente me contratam pela bravura será que me promovem depois de uns dois anos me destacando dizendo mais sim do que não?

A esposa chega cedo gritando porque tá tudo no escuro nessa casa e chama Mariiiinho, imagina que ele está no quarto e do corredor mesmo reclama: do engarrafamento e depois do bosta que ele é não serve pra nada quando repara que o cesto segue com a mesma roupa suja. Diante do saco de lixo cheio de latinhas vazias amassadas ela começa um discurso longo sobre a jornada dupla e a desvalorização, quase escravização, da mulher. Fazia tempo que não dava tanta atenção pra ele, será que ela já sabe e tá explodindo de orgulho, por isso que desistiu de chegar tarde? Quase sai de debaixo da cama, dá um beijo naquela boca e pergunta que merda que ela anda assistindo na televisão, que revista anda lendo, com que tipo de gente anda convivendo no serviço. Puxar essa puta pelos cabelos, meter o dedo nela, jogar debruçada em cima da pia e fazer amor como há tempos, ou será que arranca a cabeça fora com a mesma faca que furou os pneus, pendura na mangueira do quintal pros arrombados que pulam atrás de manga. Mas não tem forças pra responder, pobre futura viúva, não sabe o perrengue que a espera sem o bosta aqui pra ajudar nas contas com o dinheiro dos frilas, a luz e a internet, TV a cabo a gente dispensa, esse remédio é só você que toma, não dou um tostão, vai tomar no cu com quanto eu gasto com cachaça o problema é meu, tu se enche de tarja preta aí e dorme a noite inteira, quem fica sozinho com os grilos sou eu — começa a chorar — e não adianta metade, nem inteiro nem dois dos teus remédios, não adianta nem a cachaça, contar respiração, carneirinho, desligar as luzes antes das dez, duas camadas de blecaute, música indiana. Sim, é verdade, realmente o Paraíba caga pra mim, eu não tenho moral nem brio, mas tu viu os dois caras lá fora, vai lá, vai lá pergunta pra eles o que eu fiz hoje!

Levanta puto e tonto, as luzes todas acesas, a televisão ligada, nem escuta que está fedendo e sai se escorando na parede pelo corredor, entra no banheiro, vomita se perguntando o que foi que tanto bebeu o dia todo ou se é o prenúncio da morte que enjoa, sai suando frio, volta pro quarto e cai na cama e no sono, desmaia como não conseguia fazer há muito tempo, tem lindos sonhos.

Acorda no dia seguinte, finalmente, com o barulho do serrote cortando o galho de árvore que insistia cultivar as amoras por cima do muro pra depois sujar todo o chão do seu quintal com aquelas frutinhas vermelhas atrativas só pras varejeiras que não paravam de zunir dia e noite com suas ideias.

Areia

Débito: R$ 5,00. Saldo: R$ 329,72. Passe... Nossa aumentou de novo que absurdo. Até outro dia era quatro e sessenta, onde a gente vai parar meu deus, e o salário não aumenta um real, pois é menina, e no mercado também não para de aumentar as coisas, viu o preço do arroz — *daqui a cinco minutos trem expresso sentido Japeri plataforma oito* —, diz que era pra ser cinco e noventa o governador que tá bancando o desconto, quem aquele ladrão não tava preso?, não não, esse é outro — pipoca doce salgadinho da elma chips amendoim três por cinco bananada é dois —, ô menino, psiu, dá três amendoins aí e bananada, quer mãe? Me dá um saquinho de amendoim, tem do verdinho?, não bananada não o médico falou que não tô podendo abusar do doce brigada, o produto é de qualidade senhora, eu sei meu filho mas é muito açúcar — olhaaaa a bananada bala juquinha bis garoto paçoquita amendoim santa helena freguesa, é o latão de brahma, é o kit kat chocolate garoto nestlé, é o carregador película de vidro aplico na hora é dez, é o fone de ouvido original o mais potente da categoria testo na hora... alguém mais? já vou aí, mais um pra amiga aqui quem mais? é o lançamento tira-manchas infalível, é a coleção good times só o melhor da música internacional, é o louvor, jesus cristo voltará, biscoito de polvilho — *dentro de alguns instantes trem expresso sentido Japeri plataforma oito.* Deixa esse pessoal entrar primeiro, deixa eles Roni. Mas mãe, assim a gente não vai sentar. Vai sim, tô acostumada com esse horário, eles se atropelam mas sempre sobra um lugarzinho.

Quando o trem encosta junto à plataforma o pequeno tumulto já pisoteia a faixa amarela e piiiiiiii: portas que se abrem pro avanço aos empurrões tropeços gargalhadas. Cuidado aí menina ô não empurra não calma gente. Um repique de passos, um sapateado sem jeito, desequilíbrio amparado no cansaço comum: a largada de uma maratona aos acotovelamentos. E todo mundo transpira. Bundas gordas, bundas magras, ombros encolhidos e pernas abertas. Assentos duros tomados, a segunda briga — coisa de segundos — é pelo amparo das paredes. Até as expressões resignadas ao ferro gelado, às mãos desconhecidas que em breve se tocam. E as coisas se acalmam.

Quem conseguiu sentou, quase todo mundo tinha tentado. Algumas mochilas são aconchegadas no guarda-volumes, outras no chão mesmo entre as pernas, a maioria virada pra frente junto ao corpo. A cada estação o aperto se avoluma de grávidos de marmitas vazias atulhadas de talheres sujos de pastas e escovas de dentes de peças de uniforme perfumes desodorantes doces pras crianças guardados por zíperes quebrados difíceis de abrir que agarram prendem fiapos linhas soltas e nem fecham direito. Um perigo nesses casos: os furtos. Outro: os assaltos — arma branca faca revólver prateado que trim trim trim na barra de ferro perdeu perdeu geral bora bora passa o celular quer morrer.

Os trens chineses até outro dia novos — privilégio dos itinerários mais curtos, mas não do Japeri, só colocam lata velha nesse ramal, menina — hoje são máquinas desgastadas maltratadas pelo terceiro mundo que sorumbáticas rasgam subúrbios das zonas norte e oeste e baixada oferecendo um ar-condicionado que era melhor nem andar ligado, mil vezes um vento, vazão nenhuma esse calor ô psiu colega abre essa janela aí faz favor brigada. Isso quando não é vidro fixo riscado arranhado trincado de bala e pedra. Do lado de fora a luz deita no abafamento da tarde que se encaminha pro fim, nos telhados ocre ou cinza amianto, nos trilhos, no sal do couro cabeludo, na falta de opção, no sucateamento do transporte público usado por milhões de não tá carregando boi não, piloto.

Celulares, então, sacados dos bolsos, outros já nas mãos, fones enfiados nos ouvidos enquanto notícias fugazes percorrem telas catorze polegadas acopladas às paredes dos vagões, distração pra impaciência e estímulo pra inquietação a cada vez que as condições imperdíveis pro ingresso na Veiga de Almeida se repetem. E nem um puto no bolso. Que dirá odontologia, nutrição, educação física. Um livro solitário desponta — casal nórdico dentes sujos de sangue —, uma apostila pro concurso do Tribunal de Justiça oscila diante dos olhos que a cabeça cansada balança, óculos que quase caem da ponta do nariz. Conversas dispersas, contação de vantagem, escalações ideais pro domingo, histórias tristes e muito muito sono — muito bocejo.

Vida e Roni de pé, ela escorada na porta, a bolsa entre as coxas a salvo da sujeira do piso, o olhar nas pessoas se acomodando ao longo do vagão e já planejado o lado em que parou — o que menos abre as portas —, não vai precisar esgueirar licenças a cada estação. Ele de frente, se equilibrando solto apesar do joelho, ostentando dotes físicos de outrora e que naquela tarde só causavam dor, física também mas não só, as falseadas da perna direita e uma saudade dos tempos de repetições na academia e coxas desejadas pelas meninas. O pacotinho na mão esquerda e os amendoins lançados direto pra boca através do rasgo mínimo diagonal: precavendo desperdícios com habilidade. Ué a senhora não disse que a essa hora dava pra sentar? Do jeito que anda ruim o serviço desses trens tudo atrasado já não sei mais é de nada. Concordância e os ouvidos aos poucos se distraem com as conversas dos outros.

Dividindo o mesmo calor ao lado deles uma pessoa já sentada, o coque torto depois de uma braçada na disputa agora reajeitado no topo com a xuxinha azul e o lugar no cantinho — o melhor, só um vizinho — passa a mão na orelha direita, sente falta de algo, verifica o colo, o espaço entre sua coxa e o joelho invasor ao lado, debaixo do banco, no chão talvez já espalhado, amassado pelos pés que pisaram pra lá e pra cá. Roni disfarça os olhares que se cruzam justo quando o apito anuncia atenção ao fechamento das portas.

A viagem vai começar.

Um sujeito de camiseta branca apertada corre lá fora grita segura e mete a mão entre as borrachas da guilhotina, metade do braço forte pra dentro e o corpo que embarca quando a engrenagem cede com a ajuda de mais dois — a do coque decide levantar no mesmo vácuo. Quem sabe o brinco ficou do lado de fora. Aí mãe, senta ali. Vida, escorada ao ferro logo ao lado do banco, senta sem pressa e ajeita a saia pra evitar ao máximo o contato com o suor de quem acabou de se levantar. Conforme o trem inicia a marcha, entrevê a mulher pelo vidro agachada de quatro, os olhos inquietos percorrendo o vão entre o trem e a plataforma.

E era pra ser sete, viu? Oi? Tá no mundo da lua, Roni, não escutou as moças falando sobre a passagem, eu li que era pra ser sete, daqui a pouco aumenta de novo, dizem que tão segurando porque o governador quer se reeleger, mas deixa só passar a eleição pra você ver. Mais caro que o metrô? Urrum, e como foi lá no INSS? Acho que não vai adiantar nada, mãe, olha só esse joelho como tá, parece uma bola, e o cara lá, o médico, olhou com a maior cara de desprezo, passou uns exames e perguntou se eu pratico atividade física de alto impacto. Não falou que anda jogando bola todo fim de semana, né? Ué, falei. O que que eu te disse — cabeça veementemente que não —, você devia era ter ido conversar com o doutor que eu te indiquei antes de entrar com esse pedido, desse jeito não vai dar em nada. Além de tudo é teimoso, já falei pra largar essa bola. Mas mãe, será que eu fiquei inválido desse jeito, mal corro, deixo a garotada fazer o esforço, sem essa peladinha eu enlouqueço de só trabalhar. E eu lá enlouqueci? Toma vergonha nessa cara. Me dá essa mochila. Precisa não, tá leve. Me dá logo.

Enquanto segurava as trombadas que recebia dos vendedores ambulantes — olha o torcida olha o fofura — Roni sentia fisgar o joelho nunca totalmente recuperado do rompimento no ligamento anterior cruzado, apesar da cirurgia e das dezenas de sessões de fisioterapia no reconhecido departamento médico de uma das melhores bases do futebol brasileiro, lá em Xerém. Viagem longa, na época vencida com dois ônibus e a animação iniciante de quem é titular absoluto da zaga menos vazada do campeonato — quase inteiro sem levar gol —, nem um cartão amarelo e começando a ser tratado como jovem joia a ser lapidada.

Chutava a bola no muro do quintal de casa quando não estava no treino ou assistia atento a jogos na televisão na hora de fazer o dever — cadê, garoto, raiz quadrada de sessenta e quatro, cadê, faz logo isso, larga essa televisão e vai dormir que amanhã tem que acordar cedo pra escola. Lá só interessava a hora do recreio passada na quadra de cimento bicando bola de meia, de papel reforçada com durex, de tênis, minúscula de borracha ou até latinha de refrigerante bem amassada tentando simular os movimentos do Mauro Galvão ou a força do Roque Júnior. A inspetora mandava parar — já sabe que não pode correr na hora do recreio, vambora circulando, de quem é a bola, me dá. Mas tia… Me dá, na hora da saída passa na minha sala que eu devolvo. Assinou com empresário, ganhou chuteira colorida e já estava escolhendo a tatuagem. Viajava com o time, voltava destaque, brinco na orelha, gol de cabeça na final, melhor zagueiro central do campeonato. Só não largou a escola porque onde já se viu filho meu não estudar, tu acha que eu tô me esfolando todo dia pra quê, garoto, é pra vocês estudarem e serem alguém na vida, pra não precisar passar perrengue que nem eu que só consegui ir até o ginásio, e daí que vai assinar contrato, já assinou, tá garantido?, pois então, não vai pra sul-americano na Colômbia nenhum, vai é fazer as provas e passar de ano, não quero saber de repetir de novo, hein, segue o exemplo do teu irmão. Maior lerdão? E você é o quê? Se todo mundo fosse igual a ele, um menino tão estudioso, dedicado… quer levar um tapão nessa boca, Roni, bora bora não adianta insistir, vai colocar o lixo pra fora e depois mete a cara nesses livros.

Até que na Copa São Paulo de Futebol Júnior, tudo encaminhado pra profissionalização, enquanto avançava veloz pela direita na cola do magrinho de camisa alvinegra, acelerado pra cobrir o lateral do seu time, cresceu pra cima feito uma locomotiva, não conseguiu executar o carrinho na grama seca de semanas sem chuva e o pé meio que travou agarrou virou, nem sabia explicar direito, logo quando o moleque puxou pra meia-lua e estufou a rede longe do alcance do goleiro pela décima terceira vez na competição. Dizem que pisou num buraco antes do carrinho e falseou, que foi com muita sede ao pote, que deu mole e agora é ter fé em deus, que ficou preso numa irregularidade justo na hora do contato da sola da chuteira com a bola com a canela adversária com tudo que estivesse pela frente. Um caos explodiu e virou uma confusão entre fêmur-tíbia-patela: mas fica calmo vai dar tudo certo vai ficar tudo bem você ainda é novo a vida inteira pela frente fica tranquilo. O companheiro de zaga depois no vestiário cercado de curiosos garantiu que deu pra escutar a dois metros de distância o estalo. Sinistro! O grito foi proporcional à dor e o choro também. Todo mundo se assustou, o maqueiro correu, o adversário viu que tinha sido feio e nem comemorou o gol enquanto o médico sinalizava a necessidade de substituição e o banco de reservas se agitava, o técnico preocupado perguntando o que houve doutor o que houve. Joelho. Soltinho. Parece que estourou.

E lá no trabalho como foi, mãe? Ah, o de sempre lá em Ipanema lá naquele apartamento dos meninos, amanhã ainda vou ter que voltar. Qual? Já esqueceu Roni? Qual, aquele que nenhum deles é do Rio, que vieram pra estudar que tu vive elogiando a educação e que te tratam muito bem? Isso, aqueles garotos me tratam como se fosse a mãe deles, tu devia era aprender alguma coisa, eu cozinho, lavo, passo, dou faxina, deixo aquilo um brinco e ninguém me trata feito empregada. E eu trato, mãe? Se me respeitasse dobrava pelo menos o lençol que tu deixa jogado em cima do sofá, já não basta a canseira danada que me dá o serviço, aquela república uma zona sem fim pia cheia de louça cesto de roupa transbordando poeira em tudo que é canto os vidros das janelas até com cocô de pombo, não ligam pra nada, cueca debaixo do sofá bituca de cigarro entre as almofadas, outro dia tava um fedor tão grande dentro da geladeira que deus me livre parecia que tinha bicho morto, vasculhei tudo um trabalho, até hoje não sei o que era só passou mesmo depois de umas duas três limpezas completas. E tu quer me comparar com esses daí, se eu não dobrei o lençol hoje foi porque acordei atrasado, a senhora sabe que eu tenho que madrugar lá naquela escola, muito antes do sinal bater já tô eu lá pra abrir o portão pra todo mundo. Eu sei meu filho, eu sei. A senhora acredita que quebrou a cadeira que eu ficava sentado e ninguém se importou em me arrumar outra, tive que pegar uma carteira — ô amigão minha perna aí ô vai me queimar, foi mal irmão vai amendoim quentinho torradinho é cinco vai — tive que pegar uma carteira das crianças e mesmo assim foi uma dificuldade, as professoras dizendo que ia faltar pros alunos depois e as crianças não podem ficar em pé, se com lugar pra sentar já é essa bagunça imagine sem, e depois vão reclamar com os pais que não tem nem cadeira na escola pra sentar e a diretora vai é em cima da gente, das professoras, que rapidinho apontam o dedo pra dizer foi o Roni que pegou diretora eu avisei mas ele disse que na portaria tá sem nenhuma mas enfim, é isso que tá fudendo meu joelho, ficar em pé das cinco às três ganhando aquela esmola que só sai atrasada, não é a bolinha que eu bato domingo não.

Na estação deles pouca gente desembarcou, o que incrementou a dificuldade pra alcançar a porta a menos de meio metro. Do lado de fora, uma brisa bafo quente, uma fina camada de cola brilhando nos detalhes dos dorsos, hidratando as camisas e grudando os cupins nos pescoços, bicho chato da porra, e o escuro já em vantagem na disputa contra as luzes amarelas, menos numerosas que os postes de onde deveriam pender. Um morcego rasante brota da grande amendoeira e Roni se assusta, golpeia o ar parado com o pacote de amendoins vazio, dessa vez dribla o azar de outro dia, a cagada na camisa branca. Dá mole só.

Conforme avança, uma mistura de reminiscência infantil e traumas mais contemporâneos alimentam o medo de ficar preso na grande roleta amarela a que os passos um tanto vacilantes o levam. E olha que não havia ali um segurança pra mandar voltar, esvaziar os bolsos, tentar mais uma vez, travar de novo, o cara descer e olhar pra cara dele bem de perto —

quase um espelho — e perguntar veio fazer o quê. Pagar essas contas todas emboladas no bolso misturadas ao bolo de dinheiro encardido preso por um elástico desgastado quase arrebentando que o patrão bradou às quinze pras quatro a urgência de que fossem pagas e ainda pediu desculpas, é que o dinheiro só entrou agora. Foi obrigado a sair correndo já sabendo que passaria da sua hora de ir embora naquela fila de dia cinco, por isso suando assim desse jeito suspeito, ainda com medo de não dar tempo e avançar mais uma casa em direção à dispensabilidade no jogo do mercado de trabalho, tá pensando que eu carrego algum ar-condicionado interno meu irmão, tu viu esse sol vim correndo antes que fechasse. Se ao menos teu olho fosse azul era mais fácil: passa.

Apoia então a mão no ponto do ferro em que a pintura amarela perdeu espaço pro encardido e atravessa o portal no vácuo da mãe imperturbável e até um pouco acelerada demais pro seu gosto. Sem escada rolante nem pra subir nem pra descer, a cada degrau vencido o joelho direito reclama. Roni era capaz de jurar que sentia os ossos já praticamente sem cartilagem roçarem, parece até que tem areia aqui dentro, pequenos grãozinhos que se desmancham em pó e poluem a corrente sanguínea de desolação e lá se vão mais de dez anos. A mãe ganhava três degraus, olhava com o canto do olho o filho em dificuldade, esperava um pouquinho, e era só o tempo de observar lá embaixo o agito do início da noite que ele não precisa esperar não mãe pode ir indo que eu já chego. Tá muito novo pra já estar assim hein meu filho, tem que tratar disso urgente, e subia então quatro degraus até parar de novo e aguardar. Trinta e três né mãe, idade de cristo, nem tão novo assim, jogador com essa idade já tá se encaminhando pra aposentar e ficar só curtindo a grana. Quando Vida subiu cinco degraus e pela terceira vez ele falou pode ir indo na frente mãe daqui a pouco eu alcanço a senhora ela foi. Vou mesmo que ainda tenho que fazer a janta.

Nossa que calor não sei como a senhora aguenta essa cozinha — chegando suado já tirando a camisa — vou pegar o ventilador pra senhora. Não precisa não quero não que deixa o fogo muito lento tô com tempo não quer ajudar vai lá no mercadinho comprar uns tomates pro molho. Mas mãe acabei de chegar esse joelho tá me matando. Vida gira e lança uma porrada forte com a colher de pau na borda da panela antiaderente vermelha, um charme, utensílio novo em folha, presente do irmão caçula o puxa-saco. Vai tirar esse sapato sujo de rua, passei pano nessa casa toda ontem e olha como já tá. Roni suspira, dá meia-volta e tira o sapato, calça o chinelo menor que seu pé, calcanhar sobrando. Silêncio. Atravessa o cômodo abafado, a água das panelas no fogo incrementando a sauna, olha pro sofá amarfanhado, passa pra sala e desvia a canela da quina da mesa de centro. Deposita ali carteira e chaves. Dobra e senta sobre o lençol que acabou de dobrar ansioso pela hora de desdobrá-lo, pega o controle remoto mas não aperta botão algum. Em vez disso, saca o celular e fica admirando o fundo de tela: a filha alguns anos antes, rosto colado no seu os dois sorrisos brancos limpos largos, agora já se aproximando dos quinze. A mochila quase vazia escora no canto escuro ao lado da mesinha do computador ultrapassado e sem uso transbordando adesivos adolescentes, o envelope com as burocracias do INSS largado lá amassando. Segue pro banheiro, não acende a luz e quase mija na tampa abaixada do vaso sanitário.

É o costume na escola é só no mijador, desculpa mãe. Se quiser morar aqui de novo pode ir tratando de perder esse costume e pegar o de lavar o banheiro, sabia que na casa da Mônica — quem? — Mônica aquela minha cliente lá do largo do Machado lá os homens mijam sentados. Ih que viadagem! Lá a quitinete é apertadinha, as coisas todas no lugar, muito bem arrumado e decorado, aconchegante mesmo, não me dá trabalho quase nenhum, tu devia aprender. Quando ela me contratou pensei pra que que ela precisa de diarista se tá tudo tão limpo e no lugar. Ainda me paga bem e trabalho muito menos do que aqui em casa. Tu fazia isso na tua casa Roni, mijava com a tampa do vaso abaixada largava tudo respingado não se dava ao trabalho nem de acender a luz? Não mãe claro que não nem aqui eu faço isso só esqueci tava apressado meu joelho tá foda. Sei sei, desse jeito vou acabar dando razão praquela tua ex.

O que a senhora quer mesmo mãe. Tomate, traz uns seis sete, vai lá? Vou. Que milagre, e quando vai aprender a fritar um ovo, tá igual a Mônica — oi? — a do largo do Machado daquele tal de cooktop dela não sai nada, já tá quase nos cinquenta mas tem que ver toda metida a atleta, vive em academia, correndo, pedalando, quando me disse que não sabia fazer arroz pensei comigo que dondoca mundo injusto uma raiva, depois vi que é gente boa, outro dia me apresentou um namorado, cheguei de manhã cedo e o rapaz lá sentado com ela na mesa os dois de cabelo molhado ele bebericando café não tirava os olhos dela, carinhoso, e eu só sacando enquanto lavava a louça as taças de vinho que eles tinham largado da noite anterior. Até que me apresentou: essa é a Vida trabalha aqui comigo e é como se fosse da família, apesar de fazer poucos meses que eu tava lá com ela. Gente boa. Mas aí na semana seguinte, escuta essa Roni — ele desencosta o ombro esquerdo do batente puxa o banquinho de madeira e senta, cabeça baixa mexendo no celular —, na semana seguinte ela me apresentou outro namorado, estranhei mas pensei durou pouco hoje em dia é assim mesmo e dei um bom-dia bem natural. Aí na semana seguinte foi outro. Depois mais um. E já conheço uns quatro ou cinco, tu acredita. E todos ela me apresenta como namorado e frequentam o apartamento. Eu hein que bacanal vou lá buscar os tomates — barulha estridente o banco contra o chão de cerâmica e deixa no meio do caminho atravancando a passagem pra sala. Eu ficava tentando entender como ela dava conta de se dividir, mas semana passada me contou que um sabia do outro e uns eram até amigos: ih Vida eles nem ligam e se ligarem também ninguém tá obrigando eles a nada, relacionamento aberto. É tá na moda isso aí agora né os caras não ligam mais de ser corno. Pensei que tu também não ligasse pra ter vivido tanto tempo casado com aquela biscate — empurra de volta o banco pra debaixo da mesa amacia a toalhinha branca bordada em motivos florais mete o dedo na terra da jiboia pra conferir se precisa de água.

Roni a essa altura já na calçada bate o portão de ferro com força desnecessária, dá só uma volta no molho de chaves, enfia no bolso arranhando a tela do celular e sai caminhando de cabeça baixa e atenção aos cocôs, a rua a essa hora movimentada de gente chegando do trabalho, passeando com os cachorros, dando piques do lado de fora da academia na aula de crossfit. Não corre nem um vento pra mitigar o abafamento. Roni espera um dorso brilhoso passar e tira a camisa que resgatou do cesto de roupa suja, pendura no ombro depois de bater com ela nas costas duas três vezes pra espantar os cupins. Quando termina de descer a rua e dobra na esquina a luz nova de led do poste coloca a calvície precoce em evidência, a barba de três dias. Queria estar em forma a essa altura da vida, tinha tudo pra estar, dono de pelo menos uma lancha pra curtir a aposentadoria em Angra dos Reis a Costa Verde toda viajar pra Disney a família unida feliz abraçando o Mickey tirando selfie comendo o que quisesse sem preocupação com o preço aliás quanto mais caro melhor.

Ô Roni e aí chega aí! Opa Almir boa noite. Chega aí Roni chega aí — já esticando o aperto de mão — deixa eu te contar uma novidade rapaz — diz aí — ô rapaz a Simone tá grávida. Que notícia boa Almir parabéns tá de quantos meses. Três, mas tu acredita que fiquei sabendo só ontem de noite ela ficou com um papinho de que a gente precisava conversar só me enrolando e eu puto da vida o dia inteiro no bar, quase tratando mal os clientes, até que finalmente ela desembuchou já na hora de dormir. Vem aqui tomar uma cervejinha com a gente botei uma caixa pra comemorar rapaz é na minha conta tem daquele torresminho também aproveita que hoje eu sou o sujeito mais feliz do mundo. Ô Almir depois eu volto aí então vou ter que ir ali no mercadinho pegar um tomate pra dona Vida senão já viu né mas daqui a pouco eu volto aí. Tá bem tá bem vai lá não deixa tua mãe esperando não mas depois volta aí sim. Trocam um abraço enquanto Roni repete os parabéns um tom acima dessa vez querendo ser mais efusivo lutando contra sua profunda desanimação.

Na volta prefere seguir pela rua de baixo pra não ter que passar pelo bar. Tenta uma autojustificativa, as fisgadas no joelho, a culpa: porra sacanagem com o Almir, quando ficou sabendo que sua ex estava grávida da Ingrid fez questão de botar uma caixa pra rapaziada, e quando viu o sonho da carreira futebolística ruir foi o primeiro a estender a mão e oferecer aquela vaguinha de garçom — não posso assinar carteira mas se você quiser tô precisando de ajuda aqui no bar. Ele vai entender a gente é amigo amanhã eu passo lá e dou um alô pra ele hoje não tô a fim tá cheião vou ter que ficar lá de papo com um monte de gente mas amanhã eu volto lá.

Ué mãe já tá comendo! Demorou demais já comi o teu tá no forno. Mas e os tomates a senhora não disse que precisava pro molho fez como. Dei meu jeito lava esses tomates e coloca na geladeira depois eu vejo vai lá deixa eu ver minha novela. Roni deixa a bolsa de plástico com os tomates em cima da mesa da cozinha amarfanhando a toalha, tira a notinha de dentro, embola, tenta jogar no lixo mas erra o alvo, só acerta na segunda, abre o forno e de lá tira o prato protegido pela tampa amassada de alguma panela velha que talvez nunca tenha existido mas que ainda tinha serventia, vide o macarrão com carne moída e feijão mantido quentinho — porra ainda bem que eu não parei no Almir, cheio de fome — tá uma delícia mãe. Tem guaraná natural na geladeira, tá. Brigado. Coloca um gelo que eu fiz agora.

E a festa da Ingrid já decidiu o que vai fazer. Ainda não amanhã vou lá no salão falar com a Aline ver se a gente resolve logo isso tô achando muito caro. Já te falei que eu te ajudo se precisar pela minha neguinha eu faço tudo. Não mãe já disse que não precisa se eu decidir fazer eu pago dou meus pulos já falei. Teimoso, tu sabe que ela merece tudo de melhor nesse mundo né. Claro mãe eu sei. Pesquisou direitinho ou foi no primeiro bufê que tua ex mostrou. Ih mãe muda de assunto vira esse disco aí e meu irmão cadê. A essa hora ainda tá pra cima e pra baixo naquela bicicleta só sabe fazer isso agora deve estar achando que vai ficar rico entregando comida na casa dos outros de porta em porta. Deixa ele mãe tá tirando um dinheirinho maneiro, deixa o moleque curtir a juventude. É assim que se curte a juventude agora, se esfolando de trabalhar, e a faculdade, estudou à toa. Ah mãe hoje em dia isso aí de faculdade não garante nada não, lá na escola mesmo tem o marido da Andreia professora lá de biologia ela disse que o cara fez até mestrado e tá desempregado rodando de uber. Acho esse pessoal é muito mole viu Roni se fosse aceso não precisava disso não esse pessoal se acomoda muito fácil, isso sim, vou desligar aqui a televisão pra você dormir tá. Não precisa não mãe assiste teu negócio aí. Acabou a novela, também vou deitar já deu minha hora amanhã vou madrugar lá na General Osório — o dos moleques? — é os meninos cansam de dizer que pra lá é melhor ir de metrô mas eu não gosto muito não chego na Central prefiro pegar meu ônibus.

Lá é difícil, viu, além de limpar a sujeira deles sobra também a das namoradas, cada menina relaxada nem pra tirar um pó dar um jeito naquela louça limpar o pé cheio de areia antes de entrar não pisar enquanto tô encerando, essas meninas de hoje em dia se fosse no meu tempo... o trabalho lá é assim mas eu gosto, os rapazes a gente vê que são inteligentes outro nível, gosto principalmente do Luís, já te falei dele. Acho que não — Roni faz menção de levantar em direção ao banheiro. Esse é o que mais vejo, passa o dia em casa nem parece que trabalha fica lá sentado de frente pro computador diz que tá escrevendo um livro que quer ser escritor que tem que ter dedicação é um trabalho igual outro qualquer dona Vida, eu penso comigo é que nunca vi ninguém trabalhar sem sair de casa sem ganhar salário vivendo às custas dos pais. Ih mãe agora tem esse negócio de home office a senhora tá por fora, vou escovar os dentes então pra deitar também tô cansadão. Eu já ouvi falar nisso sim tu acha que eu sou idiota outro dia passou uma reportagem mas nesse caso aí a pessoa presta serviço pra uma empresa não é só ficar lá por conta da família dona de fazenda em Minas bancando faculdade não — levanta e vai atrás do filho, para no batente da porta sanfonada do banheiro e no pedaço de espelho que consegue entrever acha as primeiras rugas no rosto de Roni muito parecidas com as suas — mas esse rapaz apesar de não fazer nada pra ninguém não é esnobe é muito fofo e amoroso se tu quer saber, bonito, outro dia tava lá todo murcho porque parece que a namorada tava demorando pra responder as mensagens dele, daí há uns dias quando eu voltei ele me disse que tinham terminado, que ela foi bem grossa inclusive, que ele quis conversar tentar dar um jeito nas coisas mas ela se recusou disse que tava sem tempo que passou voando e ainda escreveu o nome dele errado, era com esse e ela escreveu com zê, me contou com os olhos cheios d'água fazendo biquinho muito sensível dizendo que ia precisar de muita terapia pra superar tu tinha que ver Roni, só precisava fazer aquela barba, homem com barba daquele tamanho fica com um aspecto sujo parece que não toma banho, aliás já tá na hora de você fazer essa barba aí também.

E o quarto dele livro por tudo que é canto, toda vez que eu vou lá arrumo na estante mas não tem jeito na diária seguinte tá tudo espalhado de novo. Conversador ele, pergunta muito da minha vida, como tão as coisas, como é morar aqui que ele tem curiosidade de conhecer melhor o Rio o subúrbio o samba a feijoada o Carnaval os blocos as escolas de samba jogar no bicho, tá achando que em cada esquina é um Cacique de Ramos e quadra da Portela, mas por enquanto só Pão de Açúcar Cristo Redentor esses passeios de turista que quem é carioca nem precisa nem tem tempo de ir e de tanto ver de longe e na televisão até enjoa e ainda tem que pagar ingresso né, vê só se tô com dinheiro sobrando. Ih maluco curioso né mãe — Roni enxuga a boca na toalha de rosto cheirosa de amaciante enche as mãos em concha e lava os resquícios de pasta de dente da borda da pia, molha o pé o tapete o conjunto cor-de-rosa. Que nada, o rapaz é muito educado se interessa de verdade se bobear até convido ele pro aniversário da Ingrid pra ele conhecer aqui. Nunca fiz isso hein convidar patrão, mas deixa eu ir deitar, boa noite, seca isso direito.

Roni se vê sozinho na sala da casa onde cresceu, as luzes todas apagadas, Sansão latindo pras sombras do outro lado do muro. Pega na mochila o creme de tubarão e espalha metodicamente em círculos pelo joelho a essa altura até doendo menos. Ou doendo tanto, tão acostumado com a dor, que nem sente mais direito. Já indissociável. De todo modo, avalia o inchaço com a ponta do indicador, aperta e vê a pele afundando e voltando lentamente. Torce pra ser por causa do calor, das andanças de hoje. A essa altura da vida já deveria ter gozado o prazer de ao menos ser capitão de algum time grande, encerrando a carreira no fim de um campeonato consagrador, erguendo a taça ovacionado pela torcida que lotava o estádio e o eternizava em um bandeirão envergando a camisa 3: Ro-ni Ro-ni Ro-ni Ro-ni!!!

Pelo menos depois de amanhã vai ter jogo aqui no bairro contra o time que surgiu da dissidência do seu antes mesmo de ele nascer. Rivalidade centenária. O campinho no Zé Duro ia ferver quando o escrete vermelho batesse de frente com o listradinho. Aquele clima gostoso de inimizade na beira do alambrado e tome-lhe grito, palavrão e lata de cerveja. Até bandeira ia ter. O gelado na articulação não chega a aliviar de verdade, mas ilude certo frescor, ainda mais quando a cabeça do ventilador se volta pra ele. Melhor que nada. Amanhã vai ser o dia todo no gelo, acabou de decidir. Aí sim, ficar tinindo pra domingo.

Tenta se esticar no três lugares, novo até, mas ou ergue o calcanhar no braço do sofá ou se posta em sutil diagonal. Se a mãe soubesse teria comprado um daqueles que vira cama. Olha pro teto coça a nuca e suspira. Não gosta de estar ali quando o irmão chega do trabalho silencioso pra não acordá-lo, mas lá se vão quase quatro meses desde que se viu sem casa depois da separação. Claro que a mulher e a filha continuariam morando no mesmo lugar, continuaria dividindo o aluguel inclusive, mas com a pensão ainda não estava conseguindo arcar. Aline não precisaria entrar na Justiça, ele matou no peito, pode deixar que eu pago só preciso me ajeitar lá na firma tá osso os pagamentos tão atrasando direto não sou funcionário público esse negócio de empresa terceirizada é foda eu trabalho quase dois meses pra ganhar um — eu sei Roni não precisa repetir essa ladainha — precisa sim que tu faz parecer que é má vontade minha mas não é, se os caras não me pagam de onde eu vou tirar dinheiro, mas pode deixar que continua tudo como tá eu faço as compras e divido o aluguel.

Teu ex tá lá fora querendo falar contigo. A depiladora bufa. Fala pra ele que eu já vou tô ocupada aqui. Volta o olhar pra virilha da cliente, os pelos que mal começam a brotar. Mas sol, Rio, fim de semana, mar, céu azul, praia, ônibus lotado de cracudo no fundo, uma marola danada, mas tu acha que eu tenho medo desses pivetes eu não deixa eles o negócio deles é celular e cordãozinho de ouro é só não dar mole não sair de casa com objeto de valor ficar esperta nas tuas coisas que não tem erro não, tem uns que eu conheço até a mãe, a tia, chego na rua cagueto eles tudinho — mas vai com calma aí Aline que eu não me acostumo com esse negócio.

Não sabe como aguenta olhar pra tanta virilha todo dia, sextas então e sábados de manhã, fileiras de reentrâncias e dobras pra ela encarar, fila de espera e aquela ansiedade de ganhar algum a mais que até sobram uns pentelhos por aí, vai me desculpar. Sem falar nos cus, que são mais difíceis de esconder que as bucetas. Um assombro. Quando entrou no curso de esteticista tendo que engolir o orgulho diante do pai — eu te disse que não ia ter futuro colar com aquele malandro jogador de futebol lá é profissão garoto ruim de bola canela de vidro, durou foi muito, não disse que agora tinha estabilizado de porteiro lá na escola pensei que fosse funcionário público, e não consegue te ajudar a pagar nem o curso, é lógico que empresto filha mas eu falei — tinha imaginado outra coisa. Pelo menos não ter que dar metade do que ganha pro dono do salão, um babaquinha que só aparece aqui uma vez ou outra, deixa tudo na mão das filhas, umas garotas bobas que se acham madames com aquelas unhas de acrigel botox na cara, se quisesse enrolava eles fácil é que não é do seu feitio apesar das más línguas. Ou pelo menos carteira assinada, quem sabe, direito trabalhista décimo terceiro férias, mas não, se amanhã o sujeito resolve fechar as portas falir de tanto viajar pra Porto de Galinhas se a rua enche ou cai um raio já era.

Espalha metodicamente a cera quente, assopra e vai doer um pouquinho amor mas é rápido. Tenta puxar de uma vez ligeiro um golpe só mas falha o gesto escapa um pouco do controle e metade da cera continua ladeando a calcinha cor--de-rosa já meio frouxa. Não precisava enxergar tanto os lábios fugindo, já estava satisfeita. Mas o piercing, o piercing é uma beleza minha filha tá na moda estimula a sensibilidade que tu nem imagina. Ri sem graça por baixo da máscara cirúrgica e eu lá quero saber da tua vida sua branca azeda. Já do lado direito se concentra querendo acabar logo, o Roni estacado lá esperando e às dez e meia já tem outra cliente. O golpe é perfeito, a cliente enrijece a coxa brocada de celulite e geme ui. Uma minúscula gota de sangue brota seguida de pequenos filhotes e Aline sádica empapuça um algodão com álcool antes de espalhar bastante talco, ardeu mas já foi querida já foi. E o contorno, vamos lá? A cliente um tanto apática agora meio indiferente talvez triste de dor vira de lado e com a mão direita sustenta um glúteo, exibe a risca frouxa da calcinha fio dental à espera da cera que mais uma vez a depiladora de diploma do Senac pendurado na parede distribui pela área de onde os pelos devem ser extraídos. Até que tem pouco. O vermelho amarronzado do contorno, uma intimidade dessas ali exposta à luz branca bem forte, à madeirinha descartável que faz tudo contrair quando espalha a pasta verde bem quentinha pelas pregas. Enquanto espera o tempo de o produto pegar a consistência necessária dá as costas pra mandar uma mensagem pro Roni, que será que o Roni quer. Digita rápido, celular no bolso de trás da calça jeans apertada e já gira no arranque, uma duas vezes, pronto querida prontinho. As duas bandas unidas novamente, a calcinha agora sim invisível em meio às carnes, o shortinho solto viscose já entrando na bunda e pode acertar lá com a Mychaela na recepção brigada amor até a próxima.

Fala Roni — Roni na esquina conversava com uma coroa de moletom cinza ornado de minúsculos furos, marcas de cinzas de cigarro, e volta meio na pressa acelerado pela feição da ex sacudindo a cabeça — caralho Aline ficou sabendo que quebraram o carro do Paraíba todo, é aquele carro novo dele que fica parado ali na porta, diz que o Marinho, aquele que quase não aparece mais na rua depois que perdeu o emprego, dizem que ficou meio maluco sei lá, mas aí ele apareceu bem cedinho com um pé de cabra na mão de cueca e mandou ver quebrou tudo esse pessoal perdeu a noção do perigo. Foi pra fazer fofoca que tu veio aqui ou o quê Roni fala logo que eu tô cheia de cliente pra atender. Não não, queria mesmo saber qual vai ser do aniversário da nossa filha. Já não te falei que tô vendo de fazer no Inusittá. Qual aquele salão de festas ali de cima. Esse mesmo. Mas ali será que não fica muito caro não por quanto será que sai. Ainda não sei preenchi um formulário outro dia no site tô esperando retornarem com o orçamento mas a Mychaela me disse que fica por volta de sete mil tudo bufê já incluído garçom ela fez o aniversário de um ano da caçula lá pra umas cento e cinquenta pessoas. Nossa sete mil! Ué tu não disse que ia chegar junto, tua mãe não disse que ajudava, dá pra dividir em dez vezes. Ih esquece a dona Vida não quero pedir nada pra ela não mas e se a gente faz a festa de tarde será que não fica mais barato não. Um calor desses Roni tu quer que todo mundo derreta. Mas por esse preço aí tem que ter um ar-condicionado bom lá. Ih Roni se for pra ficar de mendigaria melhor deixar pra lá, se tu quer saber a Ingrid nem tá fazendo questão disso você que tá aí insistindo. Não, vamos fazer sim, depois me diz quando tu receber esse orçamento aí vamos fazer vou dar um jeito pela minha neguinha eu faço tudo. Oi querida tudo bem já vou lá tá bom dia, então tá deixa eu ir que eu tenho que trabalhar tem um monte de cliente me esperando. Deu certo esse negócio aí de depiladora, né. Pois é, tá dando pra pagar as contas. Ô Aline a cliente das dez e meia não vai vir vamos atender logo a dona Dalva que já tá aqui é axila rapidinho oi Roni. Oi Mychaela ficou sabendo que quebraram o carro do Paraíba todo o doidão até mijou na lataria maior vexame quero só ver a merda que vai dar.

Perto dali, Ingrid na ponta dos pés mete o braço por dentro da grade até o cotovelo e aciona o macete: o fio, sobra do gato puxado ainda esse ano, destranca o portão de ferro. Grita oooi vóóó enfiando de passagem o rosto pelo losango da janela que dá pra sala e segue com suas havaianas brancas macias silenciosas pelo quintal. Para um instante pra observar a penca de bananas ainda embrionárias no pé imenso e as flores brancas cheirosas frágeis da pitangueira que em breve se transformarão em frutinhas miúdas vermelhas meio azedas meio amargas das quais ela nem gosta, mas o cheiro das flores é tão bom fica tão lindo os beija-flores as borboletas os calangos correndo do nada, que susto bicho filho da puta, mas merece a contemplação ignorar o celular vibrando no bolso depois decide se vai mesmo pra Madureira, sempre bate a preguiça mas quando chega lá é tão bom debaixo daquele viaduto aquela porrada de gente preta bonita dá uma paz um conforto a sensação de pertencimento. Vida se aproxima e mete a cara no cabelo volumoso da neta, dá um cheiro, percebe o uso do creme de pentear pra cachos de curvatura 4A que deu de presente e dá um beijo um aperto pelas costelas quase tirando os pés da menina do chão, olha só como tá linda essa pitanga minha filha daqui a pouco tá carregada. Ah vó nem gosto muito dessa fruta mas tá tão lindo essas flores, parece até que tá cheio de floco de neve que nevou. Mas do suco que a vó faz você gosta, bem docinho. Vamos almoçar, que bom que você veio.

Na sala já de barriga cheia — tava uma delícia vó o franguinho o quiabo o angu com uma gotinha daquela pimenta caseira que só a senhora mesmo sabe fazer o feijão preto caprichado no alho — Vida quer saber da festa, tá animada? Poxa vó eu nem queria festa nenhuma nem precisa. Mas minha flor é uma idade tão importante quinze anos é a transição você tá virando uma mulher eu quando fiz quinze anos não teve nem um bolinho minha mãe com cinco filhos pra criar sozinha tinha mais é que dar graças a deus de não faltar nada pra gente comer. Mas vó meu pai vive duro já vi minha mãe cobrando ele dizendo que o dinheiro chega atrasado pro aluguel que se não fosse ela a gente já tava morando na rua. Que nada isso é exagero da tua mãe tu acha que eu ia deixar vocês ao relento por aí, já pensou ter um príncipe dançar a valsa ter uma noite todinha dedicada a você com tudo do bom e do melhor pra comer e pra beber, poder convidar suas amiguinhas todas de repente até um dia de princesa lá naquele salão que tua mãe trabalha, fazer as unhas colocar esse black lindo pro alto todo cacheado, já pensou. Príncipe?, tá de brincadeira né vó se tiver festa eu não vou querer nada disso não maior cafonice. Mas aí não é festa de quinze anos Ingrid tem que ser tudo como manda o figurino com tudo que tem direito a gente pode até ver na loja do Beto se ele não arruma um desconto pra gente no aluguel do vestido e do terno do teu acompanhante. Vestido vó tô fora, mas aí se for pra ter príncipe já sei vou querer a Ju.

Roni a essa altura machuca os olhos e come uma nuvem de areia que vem de lufada junto com a virada do tempo até buscar abrigo no bar. Bate o chinelo, boa tarde rapaziada vem chuva aí, e passa desviando da mesa de sinuca até o balcão. E aí Almir será ainda tá tendo aquela cerveja comemorativa? Ô rapaz ontem tu não voltou né ficamos aqui até umas quatro horas da manhã o pessoal já saindo pra trabalhar e o Rafael querendo a saideira. Então vocês viram a confusão. Que confusão? O Mário ali do seu Nelson quebrou o carro do Paraíba todo diz que saiu de cueca ainda de manhãzinha e meteu o pé de cabra na lataria toda trincou para-brisa mijou na roda arrancou retrovisor maior confusão. Eita rapaz não vi nada não deve ter sido mais tarde. Pois é. E sabe por quê? Isso que eu ia te perguntar tava crente que tu tava por dentro.

Almir acompanhou Roni até a mesa com seu passo pesado de sempre, pôs a cerveja na camisinha nova que tinha recebido naquela mesma manhã e voltou pro balcão pra escutar o sujeito que ficava por ali ajudando a estacionar os poucos carros que encostavam — sem ganhar nada por isso — enquanto bebia latões da mais barata, contando sempre a mesma história, o episódio do vice-campeonato brasileiro do Bangu de 1985: o Maracanã lotado que não cabia mais ninguém, a gente tinha que sentar meio de lado as pernas assim e se levantasse já era, o Rio de Janeiro inteiro lá todas as torcidas unidas pelo Bangu e o Ado perde aquele pênalti, jogava muito o Ado mas como ele erra o gol daquele tamanho chuta pra fora, não podia ter perdido aquele pênalti. E pede mais um latão pro Almir. Esse teu Ado aí não jogava nada, grossão. Tu que não sabe de nada Roni onde foi que tu jogou mesmo, se bobear tu não era nem nascido pra estar aí falando merda, o Ado jogava era muita bola era craque, mais uma aí ô Almir mais uma aproveita que tá com a geladeira aberta. Quando cansava de louvar as qualidades do Castor de Andrade, investidor e mantenedor daquele esquadrão brilhante que colocou aquele bairro imenso da zona oeste no mapa do futebol nacional, partia com a flanela no ombro pra ajudar um palio cinza a manobrar, aconselhar um renault a acertar o jogo e seguia assim, despejando latão atrás de latão até o sol se pôr, quando enfim, depois de insistentemente interpelar Almir se estava devendo alguma coisa, tudo certo, embarcava em sua rural verde muito bem conservada, lataria brilhando, e saía dirigindo confiante sem transparecer nem um gole em direção ao lar que ninguém sabia direito onde ficava.

A cabeça pesada e o corpo mais leve depois de umas cinco cervejas sozinho, Roni mal pisa no quintal e a mãe que estava por ali varrendo já conta que a Ingrid teve aqui hoje veio almoçar comigo. Poxa nem me esperou queria dar um beijo nela. Passou a tarde no Almir né que eu sei. Que nada, tava resolvendo umas coisas, a senhora ficou sabendo que outro dia o Jeferson da Sônia desceu do ônibus e tinha uma galera da janela xingando ele mandando segurar chamando de tarado safado, o moleque parece tranquilão só meio frustrado diz que saiu correndo voado pra casa debaixo de chuva maior vergonha e ninguém sabe ainda o que foi. Mas e aí, como a Ingrid tá? Tá linda, mas tá sabendo que ela quer que a Juliana seja o príncipe — aspas com as mãos — o "príncipe" dela na festinha de quinze anos? Que isso mãe sério não tô sabendo não. Tô te falando que esses jovens de hoje em dia são tudo pra frente não sei onde é que essa garotada tá com a cabeça. Será que a mãe dela tá sabendo disso. E eu lá quero saber de Aline tu trata é de conversar com tua filha e entender o que tá acontecendo. Não sim pode deixar vou conversar com ela. E a situação do salão de festas resolveu? Fui hoje mais cedo lá no salão conversar com a Aline mas não tem nada resolvido ela falou do Inusittá que a Mychaela fez o aniversário da filha dela lá mas ainda estamos vendo. Já te falei pra tu tomar cuidado com essa tua ex-mulher que isso é uma trambiqueira de marca maior se der mole some com teu dinheiro, mas se precisar de ajuda já disse pra falar comigo hein Roni quero uma festa linda. Que nada mãe pode deixar vai dar tudo certo. E essa história de Ingrid indo pra diretoria porque trocou de uniforme com o colega, deu a saia pro garoto vestir, tá sabendo. Ah isso é reivindicação lá deles do colégio mãe dizem que os garotos tão querendo usar saia e não sei o quê. Nada disso, é que tem trans lá e querem poder usar a saia, o banheiro das meninas. Então isso mesmo. Mas a Ingrid não é trans que que ela tá se metendo nisso? Ah sei lá ela gosta de ajudar os colegas as amigas deixa ela. Olha que ela entrou porque eu falei com a Margarida hein, sem precisar de prova nem nada tu sabe como é difícil como tem gente querendo vaga nesse colégio se ela começar a aprontar demais acabar jubilada perder uma oportunidade dessa já pensou. Que nada mãe a menina é esperta não vai dar esse mole, adora estudar lá, é só a fase tá questionadora, Aline disse que ela não quer ter festa de quinze anos que nem faz questão e agora essa ainda de querer a Juliana de príncipe, só tá querendo questionar bater de frente é a idade comigo ela não se cria. É vai nessa mesmo, vai nessa pra tu ver, deixa a rédea muito solta.

Roni termina de chegar depois de largar a carteira e as chaves em cima da mesa da cozinha e lançar a camisa regata no encosto do sofá. Que calor hein! Vai até a geladeira, acessa o congelador e despeja em um saco plástico todo o conteúdo da forma de gelo. Percebe a movimentação da mãe — vai sair? —, mas não recebe resposta. Olha a geladeira vazia, nem um pote com comida nem uma panela no fogão e insiste perguntando ainda mais alto. Vida bate a porta do quarto. Se mete pelo corredor estreito se esgueirando pra não esbarrar no vaso de espada-de-são-jorge se senta no sofá liga a televisão acha um jogo de futebol qualquer parece que é Premier League se anima pra ver o Salah enrola o saco de gelo na camisa suada e fica ali assistindo enquanto seu joelho adormece. Vida passa pro banheiro.

Ô mãe parece até que esse moleque não mora mais aqui não para em casa acho que essa semana nem vi ele direito sabia — conversam pras palavras atravessarem paredes. É que o horário de vocês é muito diferente quando ele chega tu tá dormindo e quando você sai é ele que tá descansando. Diz ele que tá ganhando um dinheiro legal pensando em pegar uma moto né. Que mané moto Roni não vai dar ideia errada pro teu irmão — aparece na porta da sala com o pente na mão, que logo passa a enfiar metodicamente no cabelo — tu sabia que se ele cai se arrebenta quebra alguma coisa não tem direito a nada, essa tal de plataforma não quer nem saber a gente é que arque com hospital e enquanto tá quebrado fica lá sem receber nada sem garantia nenhuma, se bobear ainda é demitido, se deus quiser daqui a pouco esse fogo de palha passa e ele arruma um emprego na área dele de carteira assinada. A vantagem é não ter patrão não precisar prestar conta pra ninguém não ter horário ele disse que essa liberdade não tem preço e mesmo assim se arruma outra coisa depois ele podia continuar usando a moto nada a ver — vai sair? Vou. Tem nada pra comer. Se vira. Uma lufada enche a cortina branca e espalha minúsculos grãos de areia direto da pedreira ali perto pro tapete da sala. O vento uiva pro rastro de perfume que adoça a sala enquanto Vida tchau meu filho se vira deus te abençoe.

Bate cabeça forma papadas no queixo debaixo do ventilador de teto cansado de acompanhar com bastante atenção as antecipadas do Fabinho, treinando mentalmente pro confronto do dia seguinte, cansado do zero a zero do placar e de ser tão duro assim, sem nenhum dinheiro sobrando ou pelo menos guardado aos poucos pra render na Caixa ou de repente até no tesouro direto que seu Jorge disse que é a boa ultimamente, algum qualquer que fosse suficiente pra rachar os sete mil divididos em dez vezes, trezentos e cinquenta por mês, nem isso sobra tá fudido mesmo puta que o pariu e uns merdas desses jogando na Inglaterra! Eu se tivesse seguido carreira me profissionalizado a essa altura tava comendo a bola sangue nos olhos cheio de raça não era igual esses caras que só porque jogam na defesa só tocam a bola pra trás, parece que tá na moda recuar pro goleiro, não, eu ia pra frente pra cima queria ver o time meter gol quanto menos perigo perto da minha área melhor a melhor defesa é o ataque. Saca o celular e escreve *oi filha como vc tá? nem me esperou pra almoçar beijo do pai* e levanta pra pegar um pano e secar a poça d'água no pé do sofá quase escorrendo pro tapete.

Mais suja o chão do que limpa com o pano que pegou no tanque, devia estar ali pra lavar, se ligou logo que esfregou no porcelanato. Enquanto decide o que fazer com a sujeira que o pegou de surpresa, o juiz apita o intervalo e Roni se dirige pro banheiro. Depois eu limpo isso tomar um banho calor dos infernos, e nem adianta muito, a água sai quente, parece que o chuveiro tá ligado e por mais que deixe jorrar por uns minutos parece que tá tendo um incêndio na caixa-d'água, sai pelando. Nas primeiras semanas, logo que voltou a morar com a mãe e o irmão, fazia questão de comprar o próprio sabonete, pelo menos isso né não quero incomodar, mas conforme o tempo foi passando foi desapegando dessa assepsia revestida de orgulho. Afinal de contas, cresceram todos juntos. Quando começou a notar que o estoque de sabonetes da casa estava acabando, hora de comprar, brigou com a própria decisão, ainda mais quando no dia seguinte apareceram na prateleira no boxe umas seis sete caixinhas de cores variadas uma abundância e ele duro. Terminado o banho, veste a mesma cueca a mesma bermuda e direto pra cozinha: enche o mesmo saco com o conteúdo da segunda forma de gelo, larga vazia em cima da pia sobre a primeira já sem nada e volta pro sofá, pisando no pano molhado sujo.

De onde eu tiro trezentos e cinquenta todo mês por quase um ano pior que é só pra uma festinha de cinco horas, passa rapidinho e já era, cento e cinquenta comem bebem às nossas custas e tem gente que ainda sai reclamando depois que a coxinha tava fria que o garçom demorava a passar com a cerveja a caipirinha aguada o refrigerante quente nem uma coca light. Suspira, volta a atenção novamente pro jogo, no qual se engaja quase instantânea e automaticamente. No segundo gol o beque central dito melhor do mundo cometeu um erro de iniciante, ficou dando mole morgando na linha de impedimento deixou o centroavante entrar livrinho e ainda ficou reclamando com o bandeira. Esse aí que é o melhor do mundo é se é assim eu teria sido também, tá mole. Olha pro joelho já arroxeado de tanto gelo, a noite avançando no céu que retumba sem estrelas.

Liga pra Ingrid toca toca toca e ninguém atende. De novo e a mesma coisa. Desiste.

Acorda com o celular vibrando em cima da coxa e os comentaristas dissecando a derrota surpreendente do líder do campeonato. Oi filha! Me ligou pai fala aí é dei uma saída com as amigas por isso que tá barulho é uma festa aqui em Madureira tem todo sábado é tranquilo debaixo do viaduto mas não tem erro não pai não vai chover fica cheio de gente minha mãe sabe é maneiro acho até que tu gostaria de conhecer não diz que era bom de passinho no charme então aqui as minas e os caras dançam muito queria só ver essa habilidade, ah já ouviu falar, que nada o joelho não atrapalha em nada certeza que o senhor ia tirar onda tô com dinheiro pra voltar sim tá tranquilo minha vó me deu ah pai depois a gente vê esse lance de festa cês tão me sufocando com isso tá bom tá bom então faz pode fazer se vocês fazem tanta questão mas deixa eu ir que a Ju tá me chamando aqui beijo!

Frita um ovo que encaixa entre duas fatias de pão francês dormido murcho quase duro empapado na margarina pra aplacar a reclamação do estômago. Metodicamente mastiga sentado no banquinho de fórmica tentando perceber a vizinhança quase muda, um funk alto ao longe o cachorro que late espaçadamente a moto que vrum o corpo colando apesar do ar agora mais fresco na esteira da chuva que passou repentina, mas banho de novo não chega a gente já sai suando do boxe. Deixa a frigideira em cima da pia ao lado das quatro formas de gelo esvaziadas, depois eu lavo depois eu encho, e volta pro sofá. Desliga a televisão, estende a regata molhada no braço da poltrona sem precisar levantar. As pernas abertas os cotovelos nas coxas as mãos nas têmporas a cabeça baixa o cheiro de ovo frito terra úmida flor de pitangueira. Deita de lado travesseiro alto sem lençol após longos breves minutos — o dinheiro a Ingrid a mãe Aline a festa de quinze anos o Marinho que quebrou o carro a mulher do Almir que tá grávida o Jeferson da Sônia fugindo correndo chamado de tarado o mosquito zune no ouvido o ventilador quase não adianta nada o jogo contra o joelho o churrasco depois será que esse pão com ovo segura até amanhã de manhã...

Um sol já quente e mal amanheceu. Céu anil. Estojo com o par de chuteiras debaixo do braço, mochila nas costas e a camisa alvirrubra do Bola & Bar modelo novo: o Paraíba tinha fortalecido o patrocínio. Vai sequenciando passos sempre atento à reação do joelho direito, que pelo jeito reagiu bem ao tratamento da noite anterior, aquela sensação de sexta-feira de que tinha areia dentro até passou, tá tranquilo, depois um anti-inflamatório, vai dar pra aguentar o jogo inteiro. Aquele camisa dez deles, o tal de Maradona, não vai se criar já mapeou aquela canhotinha já sabe pra onde ele puxa na hora do drible não vai ter paz, e se derem brecha ainda guarda o seu de fora da área de cabeça do jeito que der, tá sentindo que hoje vai ser bom.

Os feirantes montando suas barracas e uns clientes madrugadores já querendo o pé de alface mais vistoso o tomate sem mácula aquela laranja docinha de Itaboraí e o saco de pão quentinho fresquinho já nas mãos. Banana espinafre maçã melancia mamão o cheiro bom do cheiro-verde, tudo brotando de debaixo da terra direto pras mãos rachadas pras tábuas de madeira desgastadas pras vozes à sombra do agronegócio que aos poucos despontam mais e mais, pode chegar freguesa olha a promoção olha a promoção vermelhinha e doce é o mel. Opa Pedro bom dia, moleque mal-educado nem responde: um soslaio avoado e embica a esquina apertando o passo, cabeça baixa desviando o olhar achando que não deu pra notar que estava todo vomitado, a camisa preta toda suja cara de quem não dormiu, o que será que tá acontecendo com esse moleque, não arruma um serviço não faz nada pra ninguém vive nas costas dos pais, ainda chega a essa hora em casa transtornado desse jeito. É cada uma.

Ainda tá em forma hein Roni. Pô brigado seu Américo. Nem parece que tá com esse joelho bichado rapaz tá correndo muito dando carrinho meteu um golaço. Ah o campo molhado ajuda né adorava dar uns carrinhos na grama assim úmida de chuva do dia anterior e aquele chute de longe pegou na veia ela veio quicando à feição mas a dor no joelho não me abandona não tem jeito. Ô Marquinho vem aqui com essa carne rapaz não joguei mas entrei na intera — tem feito fisioterapia? Tem uma cervejinha gelada aí pra mim também não Marquinho? Vai pegar ali no isopor Roni tá cheio larga de ser folgado. Pois é seu Américo tinha que fazer fisioterapia sim e operar de novo parece que a cartilagem tá toda arrebentada inclusive cheguei a falar com o Paraíba sobre essa situação um tempo atrás pra ver se ele me adiantava na fila. É eu fiquei sabendo rapaz, inclusive falando em Paraíba eu tinha um assunto pra tratar contigo chega aí — puxa Roni pelo braço prum canto perto do alambrado do campinho do Zé Duro e começa a falar um pouco mais baixo — tô com uma oportunidade de trabalho aí pra tu cara. Mentira! Sério sério ainda tá lá naquela escola? Tô sim. Tu trabalha só de manhã né então, o que eu tô te falando é mais pra noite. Não sei se vou poder seu Américo como o senhor sabe eu tô trabalhando lá na escola lá é puxado pego cedão agradeço mas. Ô rapaz você nem esperou eu terminar de falar esse foi um pedido especial do Paraíba me encarregou de falar diretamente contigo… Poxa o senhor vai me desculpar… pra uma vaga de motorista, lembrou que vocês dois se conhecem há muito tempo inclusive fizeram a autoescola juntos e na época você tirou a carteira categoria C, por que não vai dar pra você rapaz, tô começando a achar que você não sabe reconhecer um gesto de amizade uma oportunidade boa dessas, quem só quer venha a nós não vai muito longe hein. Não não que isso. Quando você foi pedir nossa ajuda com a cirurgia no joelho atendemos prontamente não foi? Foi sim só que até hoje eu tô aí na espera né. Isso leva tempo a cirurgia que você precisa é complexa quase quinze anos depois consertar a merda que fizeram lá da primeira vez não é fácil parece que tem que ser um doutor específico e na rede pública quase não tem mas fica tranquilo você atualizou a carteirinha do sus tá na fila do Sisreg não é, pois então daqui a pouco é o primeiro da fila já até acionamos nossos contatos parece que tem algum colaborador nosso lá na clínica da família agora ou podemos tentar no particular, inclusive dependendo do quanto você colaborar com a gente também, mas isso vai ser providenciado é que o Paraíba anda muito ocupado sabe como é. Sei sei sim. Tu não sabe o trabalho que dá cuidar desse bairro rapaz, além da segurança ainda cuidamos do fornecimento dos botijões de gás atendendo a vizinhança praticamente inteira, estamos ampliando agora a oferta de tv a cabo e internet banda larga tudo da melhor qualidade 5G fibra óptica acesso a todos os canais pacote completo première sexy hot tudo e a gente só te pede um pouco mais de paciência, além do mais um motorista pros nossos caminhões agora é essencial pra expansão das obras que a gente tá tocando, não quer nem saber quanto a gente tá pagando pra essa vaga pois então quinhentos, estamos oferecendo uma diária de quinhentos reais. Quinhentos? Diária? É é pouco mas acho que dá pra dar uma complementada aí na tua renda. Diária o senhor diz é que todo dia eu levo quinhentos, é todo dia mesmo ou só de vez em quando o trabalho? Rapaz aí vai depender lá da demanda se é época com bastante obra pela cidade todo dia tem trabalho, como tem sido ultimamente a demanda tá grande, e ainda mais que muita gente sai e a gente tem que ficar substituindo o colaborador mas enfim, e aí tá dentro ou não? Bom... não sei... posso pensar... Não pode infelizmente eu fiquei incumbido dessa missão tenho que resolver isso hoje pro colaborador já começar essa semana se você não quiser vou daqui mesmo conversar com outra pessoa. Não não tô dentro tô dentro então só não entendi esse negócio aí de obra vou carregar o quê nesse caminhão? Então... aparece amanhã lá no depósito de gás quando sair da escola que eu te explico tudo direitinho como funciona, pode ser? Beleza fechado amanhã assim que eu sair da escola passo lá direto, não vou nem em casa. Ótimo — ô Marquinho e a cerveja cara cadê, sacanagem, tu viu o gol que eu meti né.

No depósito de gás fica o escritório de seu Américo. Num canto bem no fundo, meio escondido por uma grande coluna de botijões, à sombra da mangueira, o ar-condicionado gotejando, uma pocinha d'água que escorre até quase a porta branca de alumínio e muito cuidado pra não molhar o pé e sujar o tapete turco encardido já lá dentro, onde de trás da mesa surge o elegante bigode espesso, a camisa de botão amarelinha linho cem por cento, o cotovelo azeitado no hidratante, a unha do mindinho direito maior que as demais, o anel de bacharel que diz pode sentar aí Roni, fica à vontade e dona Vida como vai. Vai bem, tudo tranquilo, trabalhando muito como sempre, cheia de saúde graças a deus. Enquanto isso Roni pode jurar que, na televisão repleta de imagens de câmeras de segurança, é capaz de ver sua esquina seu portão sua mãe chegando com as bolsas, a placa cuidado cão feroz do vizinho e, numa outra tela, o braço do Almir jogando água na calçada. Mas melhor voltar a si e a Américo que diz que por volta das oito lá, oito da noite, pode começar hoje mesmo — mas porque é seu primeiro dia normalmente não precisa ser tão cedo. O ponto de encontro dos colaboradores é numa rua meio escondida lá em Botafogo, quase ali do lado da delegacia, sabe, lá tem uma garagem de caminhões, nossos caminhões, da empresa, eu mesmo vou estar lá, fica tranquilo, é teu primeiro dia e você foi indicação do Paraíba, aliás ainda bem que sorte que tu deu porque agora ia ser difícil o cara pensar nisso tá fulo da vida quebraram o carro dele todo ficou sabendo né claro quase do lado da tua casa.

Só que é o seguinte Roni, por agora a gente não tá podendo assinar carteira, ainda estamos regularizando a situação, tu não sabe a trabalheira que dá rapaz, um tanto de papel e dinheiro que tem que gastar pra colocar tudo certinho conforme manda o figurino, mas a gente tá dando um jeito nisso não tem problema pra você então show beleza fechado, calma já vou te explicar, o serviço é simples não tem segredo tu chega lá nesse horário como te disse vou estar lá pra te receber e quando eu não estiver o rapaz lá o Vinícius que vai trabalhar contigo já tá avisado da tua presença. A gente sempre espera a ordem do comando, às vezes demora às vezes é bem rápido, essa parte é meio chata mas não tem jeito tem que ficar lá esperando. Quando liberam vamos com o caminhão pra Copacabana. Às vezes dá pra parar quase em cima do calçadão molezinha, mas o mais comum é ter que parar no quarteirão de dentro ali pela Nossa Senhora. Pronto, parou lá, não é tua obrigação mas acho que pega bem ajudar os caras a transportar a carga. E aí é isso, enche enche enche enche até onde dá e leva pra obra lá na Barra, tua missão é essa, descarrega lá os caras já vão estar esperando a gente, das outras vezes tu vai sozinho mas nessa eu vou contigo, tua primeira vez pra te apresentar a rapaziada, lá tu nem precisa ajudar os peões estão lá ganham pra isso mesmo e pronto, aí tu volta e vai volta e vai nesse ritmo até começar a clarear umas quatro e tal por aí, quinhentos na mão no final. Entendeu? Ah qual é carga, então, tranquilo: areia.

Quase onze da noite e Roni lá desde as oito em ponto. Que demora hein seu Américo, será que ainda vai demorar — questiona mas com medo de perguntar demais. Primeiro dia, não quer sair de chato de fresco desapontar de repente até perder a chance, não é nada não é nada quinhentos todo dia é uma grana, vai dar pra fazer uma festona pra Ingrid e ainda sobrar algum pra finalmente alugar um cantinho maneiro, começar a reconstruir a vida. Por enquanto, porém, só torto numa cadeira branca de plástico que a cada suspirada parece que vai sucumbir. Isso ele já tá cansado de conhecer. É por pouco que não cochila, quase o corpo vence mas segura as pálpebras. O tempo passa e cada vez mais os músculos tesos, os olhos agitados.

O trâmite com Américo foi jogo rápido, logo depois da conversa já ficou tudo combinado pra começar hóje. Junto cheio de moral e tapinha nas costas o coroa o apresentou a outros dois: um sapatênis camisa de botão pra dentro do jeans bem conservado passado pele do rosto meio avermelhada envelhecida pelo sol dizendo que ia passar em casa e logo logo voltava — foi escolhido entre outras coisas porque era morador do bairro e da sacada do seu apartamento tinha uma visão privilegiada da orla — mas já retornava pra ver como as coisas na praia estavam andando. Mas seu Américo pelo que pude perceber as coisas não poderiam estar saindo melhores a granulometria é perfeita o concreto tem rendido bastante talvez consigamos entregar a obra até antes do combinado a extração tem sido muito proveitosa essa praia é abençoada mesmo não é à toa que é esse cartão-postal maravilhoso querido pelo mundo inteiro nem sinal de problemas durante a escavação os colaboradores muito atentos e engajados pode dizer pro Paraíba que essa célula vai bater a meta com certeza. E o outro parecido com Roni: vestia um camuflado meio cinza meio amarelo meio azul um short confortável uma bota de borracha cano alto sola amarela apesar de preferir fazer o serviço descalço — depois que a gente começa passa um tempo o Alexandre vai embora para de encher o saco, aí tu tira essa bota, tu vai ver só como é melhor, ah tu é o motorista novo sim tô ligado, mas é costume aqui os motoristas darem uma força — cabeça raspada desenho discreto na navalha um raio um tribal no antebraço um piercing na língua que pulava pra fora de cansaço e bufadas. Que calor meu irmão, parece que a cada pá que a gente tira o clima esquenta não acha não — os lábios grossos sempre molhados debaixo daquele baita nariz — por isso que me chamam de Gaio, Papagaio tá ligado, se quiser pode chamar mas o nome é Vinícius.

Américo sentado ao lado do Carlos Drummond de Andrade, a brisa da madrugada bruxuleando a tarefa do isqueiro, acende um cigarro e observa o movimento do pessoal, a performance do Roni, enquanto de cinco em cinco minutos confere o relógio, gira o rubi no anelar da mão direita. A remoção tinha que ser com pá aos poucos e sem chamar muita atenção, isso que atrasava o serviço, se a licença da retroescavadeira saísse logo de uma vez... Não vai chamar atenção nenhuma a essa hora aquilo é um deserto sem fim todo mundo com medo de assalto, essa cidade violentíssima, mas a burocracia a prefeitura só dor de cabeça. Ninguém precisa saber nem vai que eles estão roubando areia da praia de Copacabana a princesinha do mar, o cnpj era de Seropédica tudo legalizado pra explorar aquele pedaço apesar de eles ultrapassarem uns quilômetros mais precisamente uns oitenta, mas tudo bem a Barra da Tijuca precisa que seu crescimento vertiginoso se sustente, é muita família de trabalhador muita gente que depende do mercado da construção civil muito emprego sendo gerado, então pra que essa burocracia afinal de contas essa praia é toda artificial foi feita de aterro mesmo nós só estamos devolvendo a natureza ao estado de natureza.

Roni sua espalhafatosamente, passa o indicador na testa oleosa jorra suor torce a camisa camuflada na altura da barriga bufando e dizendo que não aguenta mais, tem um problema no joelho precisa de cirurgia olha só como tá inchado toda vez que eu bato uma bolinha é isso agora, quase fui profissional mas rompi os ligamentos, jogava na zaga mas aí rolou um erro médico o filho da puta fez merda nunca me explicaram direito nem quiseram arcar e nunca mais consegui retomar a forma, depois de um tempo começou a sensação de que tinha areia aqui dentro, um negócio estranho que às vezes some e de vez em quando volta. Quê, tu leu que a praia de Copacabana vai sumir, mentira cara que isso. É e a gente tá dando a maior força se tu quer saber aqui tirando essa areia pra lá e pra cá só acelerando ainda mais o processo. Que isso Vinícius assim você assusta o Roni. Opa Alexandre nem vi que tu chegou boa noite. Pois é e se não fosse eu, já te avisei que enquanto a gente não consegue a licença não pode dar mole aqui, tudo bem que a viatura está ali e contamos com nossos seguranças em cada esquina do perímetro: Júlio de Castilhos, Rainha Elisabeth — apontando —, Joaquim Nabuco, Francisco Otaviano, fora a outra célula lá do Leme que conta com os olhares atentos da Lúcia, mas isso que você estava falando pro Roni vai demorar muito a acontecer no mínimo só lá pra 2100 o nível da água tem que subir no mínimo um metro e oitenta pra começarmos a ter problemas no máximo umas enchentes essa cidade já enche com qualquer chuvinha de quarenta minutos mesmo e até a praia sumir demora. Mas e esse papo aí de que a Barra vai ser o primeiro lugar a desaparecer, tu já escutou Alexandre? Vinícius você agora deu pra acreditar em fake news meu caro isso é conversa fiada como que a Barra da Tijuca vai desaparecer ela só cresce e mesmo que fosse sumir daqui a pouco que desaparecesse do mapa pra sempre igual tá acontecendo na Ilha pouco importa a gente tem que terminar o prédio por isso vamos lá mãos à obra.

Não entra no papo dele não Roni esse cara é maluco só pensa em dinheiro maior puxa-saco, eu só tô nessa mesmo porque tá foda, até sou formado em geografia fiz o mestrado sou professor mas a escola que eu dava aula faliu e concurso maior tempão sem abrir tá muito difícil de arrumar emprego mas na primeira oportunidade tô rapando vendo de dar aula num pré-vestibular mesmo no próximo semestre já. Ele diz que vai demorar a acontecer mas tu não vê esses jacarés invadindo as casas e as passarelas de pedestre, atravessados no meio da pista da Linha Amarela em cozinha de lanchonete no banheiro dos outros e o derretimento das calotas polares produzindo o aumento do nível do mar, o antigo presídio já submerso em Ilha Grande e toda hora é uma ressaca um deslizamento de terra o heliponto lá no Pepê a ciclovia ali do Tim Maia, tudo desmoronando, tá maluco meu parceiro daqui a pouco é todo mundo na música do Chico, sabe qual aquela da cidade submersa, nós que vamos ser a civilização estranha no fundo do mar e o tal dos escrafr-escafrandris-mergulhadores vão vir atrás é dos nossos vestígios já pensou, já era.

Pra tu ver como as coisas tão doidas e o fim do mundo se aproxima, ficou sabendo da porrada de pombo morto que apareceu ali no Peixoto? Como assim cara tu não lê uma notícia não escuta um podcast, foi o seguinte: um dia começou a chover pombo morto no meio da praça isso de manhã cedinho maior rolé ninguém entendeu nada quebrou retrovisor de carro galho de árvore maior fedorzão tu imagina, depois parece que o Ibama a perícia sei lá foi fazer autópsia nos bichos e descobriu que eles estavam cheios de chumbinho, isso mesmo, alguém envenenou os pombos com farelo de pão e ninguém viu nada nem câmera de segurança pegou e na real nem acharam vestígio de veneno na praça ou nos arredores, queriam pra de repente colherem uma amostra de DNA sei lá um fio de cabelo mas nada, os bichos paparam tudo e já era ou o vento levou.

Na escola a essa hora o agudo das vozes nas salas, o burburinho infantil e de vez em quando um som que sobressai, a professora que treme acima do tom as cordas vocais em busca de atenção ou ao menos um silêncio passivo. Ô Roni tão batendo ali acorda. Opa pois não que isso não tava dormindo não — quem ééé — tava só descansando um pouco a vista — opa bom dia professora — descansando um pouco a vista tava escutando, é que a essa hora como o movimento costuma ser menor eu espero bater duas três vezes antes de abrir que às vezes evito um estresse, testemunha de jeová, aquela coroa dos perfumes por exemplo que a diretora pediu pra não deixar mais entrar enfim. Até que hoje tá tranquilo né Andrea. Tranquilo nada com esse calor infernal parece que eles ficam piores mais agitados não sei como conseguem ainda energia pra ficar correndo olha só aqueles dois, cuidado aí Junin vai cair se machucar. É verdade esses moleques não cansam.

Depois, recreio, um café na mão, Roni confessa que sim professora vou me abrir eu estava quase dormindo mesmo é que tô pegando um trabalho no contraturno pra complementar a renda, acha que sai barato uma festa de quinze anos com tudo que tem direito até vestido de debutante, isso se sua filha quiser, mas mesmo que não queira ele quer ter como pagar, se de repente ela muda de ideia sabe como é adolescente por isso que tá tendo que dar seus pulos se desdobrar, mas a filha, a Ingrid, a senhora conhece, tá tão feliz satisfeita tem uns estresses às vezes lá com a mãe mas o que vale é o sorriso dela a felicidade dela pelos filhos a gente faz tudo que está ao nosso alcance né, mas aí é isso tô trabalhando de madrugada pra tirar um a mais e já emendo aqui direto nem durmo, só de tarde, nesse calor já viu né é difícil, então mal durmo, tô de favor na casa da minha mãe por enquanto como você sabe divorciei recentemente e ainda não consegui me ajeitar e nem um ar-condicionado tem lá na sala onde eu durmo, às vezes dona Vida não vai trabalhar e aí é que é pior uma agitação danada, até tem o quarto do meu irmão ele fica o dia praticamente inteiro na rua, é entregador de comida por aplicativo, mas não uso o quarto dele não gosto é só temporário logo logo arrumo um cantinho pra mim já andei dando uma olhada — bocejo — tá dureza mas a festinha vai ser ali no Inusittá aquele ali de cima sabe então perto da pizzaria, esse mesmo, parece que deu algum problema lá na gráfica, ainda tem isso de gráfica pra lidar, aí os convites ainda não ficaram prontos, mas faço questão que a senhora vá, opa desculpa senhora não Andrea, faço questão que você vá, então combinado vai ser mês que vem até a dona Penha vai olha o milagre isso vai sim consegui convencer outro dia lá no Almir peguei ela voltando com as três cervejas na bolsa e insisti insisti insisti ela acha que ninguém liga pra ela mas é assim né a velhice é uma solidão.

Roni vinha achando o trabalho com o caminhão de areia puxado, de vez em quando comentava com a mãe poxa supercansativo não tô nem conseguindo dormir direito, e ela dava força, não sai não filho se esforça, uma oportunidade dessas não se desperdiça segura as pontas, daqui a pouco eles assinam tua carteira quem sabe tu larga a escola vive reclamando, aguenta até onde der. Ah se ela soubesse com o que ele andava metido. Dizia que era logística, transporte, esses sites que a gente compra na internet e entregam no dia seguinte, quem a senhora acha que prepara a encomenda leva de um centro de distribuição pro outro. Seu Américo tinha dito que era só dirigir mas cadê, se não metesse a mão na pá e ajudasse a meta nunca seria batida, e não queria ficar escutando reclamação sugestão discurso motivador do Alexandre, vamos lá pessoal hoje vou precisar que vocês deem um gás temos que cumprir esse deadline não podemos atrasar essa obra então vamos atacar essa área hoje aqui bem próxima de onde a onda bate que conforme ela volta pro mar o vestígio é apagado, a célula da praia Vermelha andou deixando as coisas muito evidentes e por mais que lá eles tenham até o Exército pra garantir a operação acabou vazando denúncia saiu na imprensa investigação quase posta em curso uma dor de cabeça pra contornar a situação então por favor sejamos discretos. Mas e a retroescavadeira que vocês iam providenciar Alexandre? Já está sendo providenciada Gaio, inclusive pelo que eu sei já foi até adquirida, o que tá impedindo a operação são só alguns trâmites burocráticos documentos licenças algumas autoridades que precisam estar mais alinhadas ao projeto por isso ainda precisamos de discrição, mas a gerência já está cuidando disso, aliás não sei pra que tanta pressa é capaz de quando o equipamento chegar sua vaga ser congelada vão ser necessários menos ajudantes já parou pra pensar nisso, portanto é fundamental não se queimar pensar bem se vale a pena comprar briga é melhor se destacar entre os demais se manter no emprego de repente ser promovido ganhar um abono continuar na sua trajetória conosco pra seguirmos construindo o futuro juntos.

Tu viu o papinho dele Roni, construir o futuro. Vi esse cara é maior pela-saco já tô ficando puto meu joelho tá fudido não posso ficar me esforçando assim não cara parece que tá cheio de pedra aqui dentro já, quando eu aceitei essa parada me falaram que era porque eu tinha carteira C e tal estavam precisando de motorista mas cadê que eu só dirijo, tô junto com vocês aí direto pegando no pesado e quando eu vou lá levar o caminhão o que vocês ficam fazendo aqui, descansam, porque eu vou lá volto e já tô cavucando a areia outra vez. Que descansamos nada é só o tempo de tomar uma água e já ir tirando a areia formando um monte pra quando tu chegar de volta já começar a encher de novo e juntos construirmos o futuro haha é mole, esse maluco é uma piada, eles tão fudendo com o planeta e vêm com esse papo de futuro, tu tá ligado na cidade de Atafona é no litoral norte aqui do Rio pois é depois pesquisa só quase ninguém tá ligado mas a cidade lá tá sumindo meu camarada, desde os anos 60 o mar avança até três quatro seis metros por ano tem noção, já destruiu mais de quinhentas casas comércios tudo, se bobear mais de duas mil pessoas tiveram que se mandar de lá sumiu uma porrada de quarteirão o negócio é sério.

Na calçada, as palmeiras decorativas estavam iluminadas por luzes verdes neon, anunciando que era dia de festa no Inusittá. Uma festa menos divulgada para os transeuntes do que de costume, uma economia desnecessária de felicidade, já que a aniversariante abriu mão de uma série de regalias e benefícios para aderir ao pacote básico. Mas de todo modo festa, e festa no Inusittá tinha pelo menos o fotógrafo registrando a chegada de cada convidado no tapete vermelho, por mais que a aniversariante não estivesse ali pra figurar em todas as imagens e tivesse aberto mão do portal de flores na entrada ao lado da foto gigante que serviria de plano de fundo junto com o nome em fonte bem doce: INGRID 15 ANOS. Pelo menos ficaria o registro. Só não podia se arrepender depois de ter escolhido aparecer só em uma foto, na foto da família, que era com quem tinha chegado junto e pronto, depois quis entrar e ficar lá com os amigos, mas agora sorri, genuinamente feliz, entre Aline e Roni imensos de orgulho e, no caso dele, após uma tarde inteira de pré no bar do Almir. Vida também, cabelo feito, explodindo satisfação e quase o vestido vermelho com suas curvas. Xiiiiiis!

Ingrid, portanto, não quis o cartaz com sua foto nem o anúncio dos seus quinze anos pra todo mundo que passasse pela rua durante a semana que precedeu a comemoração, muito menos flores nem balões cor-de-rosa formando um arco decorando a entrada, bem-vindos ao mundo de Ingrid ou algo que o valha, por mais que já estivessem inclusos no valor pago por mais que Vida dissesse é tão lindo minha neta olha que isso é só uma vez na vida hein depois vai se arrepender por mais que Aline tenha insistido — tu me fez pagar isso e agora não vai querer — e não adiantou entrar em contato com o Inusittá, pedir um abatimento já que estava abrindo mão de algo incluso no valor, infelizmente não, a essa altura o cartaz já estava indo pra gráfica o designer já tinha trabalhado o arco já estava confeccionado os balões todos cheios amarrados junto às flores, como é que eu vou pagar meu pessoal me desculpe conversa direitinho com a aniversariante vai ficar tão lindo, eu não abriria mão da decoração completa pra optar pelo básico, fica linda nas fotos dá um valor combina com o vestido tudo instagramável, ah ela não vai usar vestido hum entendi tudo bem mas ressarcir o valor realmente é impossível desculpe tá no contrato.

Roni sim alugou o terno cinza grafite completo indicado pelo vendedor o corte na moda slim um caimento ótimo parece até atleta apesar de dificultar um pouco a mobilidade na hora de subir na escada e ajudar o pessoal do salão a pendurar o globo de vidro no teto, não custa nada tiveram um contratempo ficou pra última hora era o pai da aniversariante mas não custava nada ou por isso mesmo é que tinha que ajudar, queria tudo perfeito sua pretinha merecia tudo de melhor nesse mundo fez questão do ar-condicionado no talo coloca vinte graus aí, ainda tá calor, dezoito, dezesseis, eita esfriou. Que isso Roni que exagero é esse. Não tá com calor não mãe parece que piorou de uns tempos pra cá. Que nada o verão sempre foi assim sempre sofri em cozinha quente abafada tem patroa que não arruma nem um ventilador decente pra gente. Mas mãe tô derretendo com esse terno. Tá bom mas aumenta só um pouquinho, o pessoal ali da mesa cinco tá debaixo do ar reclamando que vai congelar que a Dalva já tá com o nariz entupido. Tá bom povo chato não pagou um real eu que me lasquei pegando jornada dupla passando madrugada em claro carregando e dirigindo caminhão, opa Junin fica à vontade moleque, prova daquele salgadinho ali só — garçom! — desse aqui tá uma delícia fala tu, brigado tio, vai lá, mas é isso não posso nem colocar o ar-condicionado que eu tô pagando na temperatura que eu quero puta que o pariu. Ih Roni já vai começar de estresse, se ajeita aí que a Ingrid tá vindo, essa ela teve que engolir não teve jeito, o sujeito vai filmar tudinho em 4K, ela fingindo que tá chegando agora, vai lá pra porta receber ela entrar de braço dado vai a música já começou vai lá que eu vou tirar umas fotos. Mas ela concordou com isso Aline? Concordou, com isso ela concordou, aproveita vê se não tem um lenço no bolso desse paletó enxuga essa testa senão vai sair brilhando nas fotos.

Tá linda filha, brigada pai, e vão entrando no salão todo mundo com os olhos em cima deles torcendo pescoços abrindo sorrisos erguendo celulares a Ju com os olhos brilhando doida pra recebê-la depois dos braços do pai e dançarem juntas a noite inteirinha. E olha como a Ingrid tá linda, tá grande, hum tá moderna estilosa, esse vestido ficou um arraso, é macacão, boba, estampa africana étnica afrofuturista e essa maquiagem colorida, nunca tinha visto ficou linda, ficou linda demais, e esse cabelo que bafo, sou doida pra deixar o meu assim mas não consigo a raiz começa a enrolar fica horroroso, é no começo é difícil mas passa rápido vai no salão corta ele mais curtinho faz um relaxamento, lógico que pra chegar a esse ponto assim igual ao da Ingrid demora, acho que dona Vida nunca deixou ela alisar então é natural, impossível mesmo a gente já encheu de química já era mas com o tempo fica bom tenta sim eu nem perco meu tempo já tô viciada na progressiva já.

Depois da entrada triunfal teve até quem batesse palmas, Vida mesmo puxou assobiou e o convidado dela, o Luís, acompanhou bateu palma também, mesmo tendo chegado meio atrasado, veio de uber mas não sabia que era tão longe e agora tá ali tentando se enturmar com um copo de cerveja meio aguada mas tudo bem com esse calor desce até hidrata, sua diarista apresentando ele a todo mundo esse é um amigo muito querido o Luís, prazer Luís bem-vindo, e ele aquela barba enorme aquele cabelo grande ficou bem de calça comprida camisa social nunca tinha visto ele assim arrumadinho. Não come fritura, hum sei tá bom deixa eu ver acho que tem uns salgadinhos assados, ei psiu menino sai algo assado dessa cozinha afetiva aí, é que o rapaz aqui não se dá bem com fritura, ah tá tá bom tá bom, Luís o rapaz falou que já vai trazer a empadinha de ricota. Mãe que maluco fresco que a senhora foi arrumar hein, esse que é o escritor né, não confio em quem não gosta de coxinha.

As bandejas dançam na mão dos garçons eles rebolam por entre cadeiras uma loira oxigenada magrinha unha comprida quase leva uma trombada também quem mandou se meter no meio do pique das crianças olha a moça aí Júnior cuidado Débora. E olha que a aniversariante nem queria esse serviço, propôs uma mesa tudo lá uns freezers uns isopores e quem quisesse que se servisse metesse a mão no gelo pegasse o guardanapo e escolhesse entre os quitutes da cozinha afetiva que Ingrid também fez questão de escolher. Já que vai ter mesmo essa festa deixa eu escolher mãe, que nada eu conheço um pessoal, a Ju conhece um pessoal lá de uns quintais produtivos que conhece um pessoal de um bufê que é baseado em cozinha afetiva, vai ficar maneiro pode deixar. Agora tudo é essa Ju né não se desgrudam mais, pois então se virem o dinheiro é aquele que eu te disse, se der pra pagar esse pessoal aí você que sabe não vou me meter não mas antes traz umas amostras de uns produtos deles pra mim, hum que delícia mentira que não leva farinha branca que não tem carne nisso aqui caraca que delícia.

Lá da escola veio o DJ, a gente vai sempre pro viaduto juntos, ele saca muito conhece a galera lá me apresenta uns sons, música doida nada mãe, o pessoal vai curtir e estavam mesmo o grave batendo nos quadris. Mas garçom tem que ter, não quero ficar levantando toda hora pra pegar minha bebida e pra me servir não, eu e seu pai cortamos um dobrado pra pagar essa festa já levei o prejuízo do cartaz trabalhei pra caramba tenho esse direito já tô ficando velha. Vida também não abriu mão dos docinhos e salgadinhos tradicionais esse negócio de cozinha afetiva bolinho de feijoada macarrão de abobrinha é muito chique mas tem que ter a coxinha o quibe o risole o brigadeiro o cajuzinho, a dona Célia coloca até bolinho de aipim e de bacalhau na porção, deixa que a vó encomenda paga tudo minha filha deixa que é presente deixa Roni eu pago pode deixar.

Até que tanto Ingrid pesquisou e achou uma ONG que indicou um projeto de reinserção de ex-detentos no mercado de trabalho e que oferece equipe de garçom e de copeira, e que que tem mãe?, o pessoal precisa de trabalho senão como vai se reerguer, já pagou pelo crime que cometeu, vai continuar a vida toda pagando pelo erro, que mesquinharia, não vai ser servida por bandido não o pessoal é honesto puta que o pariu que preconceito então se não puder pode cancelar essa merda dessa festa não quero nem saber. Até que Roni entrou de mediador, vamos dar uma oportunidade pro pessoal Aline isso é preconceito seu mesmo, a menina tá certa não tem nada a ver, eu antes vou lá conversar ver como funciona ninguém pode mais cometer um erro na vida é até parece, e resolveu tudo pra filha, já conversei com tua mãe vamos contratar teus garçons tuas garçonetes depois de tanto esforço é que não ia deixar a festa ir por água abaixo.

Porra Roni maior festão hein tua filha tá linda. É Papagaio gostou mas tira o olho. Que nada cara com todo respeito. Mas hein bem que tu falou que a partir do mês que vem ia esquentar quando vi no jornal a notícia da onda de calor logo lembrei de tu. Cara, naquele nosso ritmo de retirada somado a todos os outros pelo mundo — aliás tu sabia que o tráfico de areia é a terceira atividade criminosa mais rentável do mundo só perde pro de drogas e pra pirataria — era certo que ia dar merda e que não ia demorar. E tu sabe como ficou o lance lá depois que a gente saiu? Não, não quis mais saber de nada, ainda mais depois daquele papo do Américo lá que deixava a gente sair numa boa mas bico calado que ele tinha olhos por todo canto. Tá certo, inclusive nunca mais vi ele por aqui pela área, deu uma sumida legal. Ainda bem coisa boa não deve ter feito, no mínimo tá afundando a Ilha Grande, mas eu tô dando minhas aulinhas ganhando uma merreca melhor ser explorado assim do que por aqueles filhos da puta tão acabando com o mundo, ontem mesmo parece que uma família inteira de jacarés invadiu o piquenique no condomínio dos barrenses tu viu, deu um pega no playboy levou o mocassim dele hahaha devia era ter levado logo a perna inteira.

E aí Andrea boa noite, tá sendo bem servida, tudo em paz graças a deus, pois é minha filha já é uma mulher, você viu como ela tá feliz com os amigos — estica o braço e acabou o uísque já que isso, mas também nem dez garrafas o pessoal foi sedento então me traz uma cerveja lá por favor irmão, duas duas — o maridão não quis vir Andrea, isso, olha ela lá dançando com os amigos, é, o pessoal dela lá da escola do grêmio das festas que ela gosta de ir anda toda engajada passeata não adianta falar que polícia não presta, que na primeira oportunidade ela toma uma dura um enquadro, tô cansado de avisar mas minha mãe disse que ela é idealista que se tivesse tido tempo pra estudar também seria, a gente cria os filhos pro mundo né. Que bom que você tá gostando, Andrea, que tá se divertindo, fica à vontade viu, que honra, brigado, brigado — sorrisinho — é, aluguei lá no Beto, caiu bem mesmo tô até parecendo outra pessoa né, olha a cerveja aí pronto tim-tim a nós hum tá geladona show o bolo quem fez foi a tia da cantina mesmo, top né, dar uma força pra coroa fora de série ela tem uma mão ótima excelente profissional vamos sentar ali — puxa a cadeira, espera Andrea se sentar, dá a volta, puxa a sua — porra logo agora Aline foto de novo que merda não posso nem beber minha cerveja em paz desculpa Andrea um minuto já venho me espera aqui hein não se mova vou ter que ir ali rapidinho.

Ih olha lá vai começar a brincadeira que o pessoal do salão sugeriu, cadê teu irmão Roni. Ih mãe ele mandou uma mensagem agora mesmo disse que já tá quase batendo a meta dele do dia que só faltam mais duas entregas e ele vem. Esse garoto tá trabalhando demais, nem pra festa da sobrinha abre mão dessas metas meu deus. É tá foda, o moleque tá como parecendo uma máquina de pedalar tá magrinho, se ligou na panturrilha dele como tá?

Tá ligado nessa brincadeira aí Gaio já viu parece que agora tá na moda de novo não sei se era nas festas lá da tua família tão chamando de quebra-pote já ouvi pinhata também, dão um bastão pra quem vai participar tem que ficar de olho vendado todo mundo junto ali debaixo, tem uns que rodam os participantes pra deixar todo mundo tonto e mais perdido ainda tentando acertar uma porrada naquele bolão suspenso ali ou se bobear na cabeça de alguém, é foda, roleta-russa, tomara que não rodem ninguém não quero saber de acidente de hospital hoje, mas o bagulho ali tá cheio de bala, de areia também purpurina sei lá mas olha lá já tão suspendendo o negócio. Pode crer eu lembro disso tinha que dar uma porrada ali estourar e caíam várias balas 7belo juquinha. É é isso aí mesmo aquelas de maçã verde também eram boas meio azedinhas tamarindo e tal eu curtia. Mas quer dizer que até nisso aí vai parar a areia que os caras tão metendo lá de Copa né, impressionante, tá no celular nas casas nos carros nas peças de computador nas estradas pros carros e nos próprios carros nesse copo teu aí que não fica vazio. É mole, tu um dia sonhou com isso, quem diria que ia ter um pedacinho de Copacabana, da princesinha do mar, na festa da tua princesa hein cara, dá um sorriso aí, não fica puto rancoroso não, a vida é isso aí mesmo, a gente tem que se virar, o negócio é não ficar parado que ninguém aqui tem papai e mamãe pra bancar os corres não. Relaxa aí.

ESTA OBRA FOI COMPOSTA PELA ABREU'S SYSTEM EM ADOBE GARAMOND
E IMPRESSA EM OFSETE PELA LIS GRÁFICA SOBRE PAPEL PÓLEN NATURAL
DA SUZANO S.A. PARA A EDITORA SCHWARCZ EM SETEMBRO DE 2024

A marca FSC® é a garantia de que a madeira utilizada na fabricação do papel deste livro provém de florestas que foram gerenciadas de maneira ambientalmente correta, socialmente justa e economicamente viável, além de outras fontes de origem controlada.